AF390410

# THÉRÈSE PHILOSOPHE

ou Mémoires pour servir à l'histoire
du Père Dirrag et de Mademoiselle Éradice

**Écrit par
Jean-Baptiste de Boyer
Marquis d'Argens**

# RETROUVEZ TOUS NOS GRANDS CLASSIQUES ÉROTIQUES

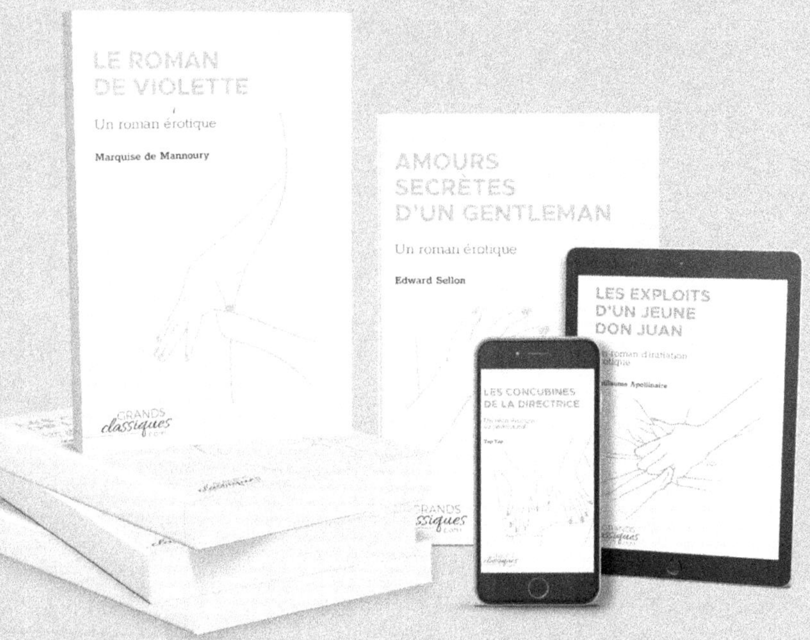


sur www.grandsclassiques.com

# Introduction

Le procès, trop célèbre, de Catherine Cadière contre le Père Girard, a donné prétexte à la publication de l'ouvrage réimprimé en ces pages.

Le Père Jean-Baptiste Gérard, jésuite et prédicateur français, fut nommé, vers 1728, recteur du séminaire royal de la marine à Toulon. Là, une de ses pénitentes, Catherine Cadière, âgée de dix-huit ans, d'une famille honnête et d'une grande beauté, s'attacha à lui avec une exaltation mystique fomentée par la lecture imprudente des livres ascétiques : elle se prétendait l'objet de toutes sortes de miracles. Le Père Girard l'encouragea tout d'abord dans cette voie dangereuse ; mais bientôt, s'étant rendu compte de la supercherie, il se retira. La demoiselle Cadière, piquée de cet abandon, en fit confidence au prieur du couvent des Carmélites, janséniste fervent et grand ennemi des jésuites. Ce religieux lui fit répéter ses accusations devant témoins. Les jésuites réussirent alors à faire enfermer la jeune Cadière aux Ursulines. Cet abus d'autorité les perdit. L'affaire fut portée devant le parlement d'Aix, où Catherine Cadière accusa le Père Girard de séduction, d'inceste spirituel, de magie et de sorcellerie. Après de longs et tumultueux débats, le Père Girard fut mis hors de cour et de procès à la majorité d'une voix : sur vingt-cinq juges, douze l'avaient condamné à être brûlé vif. Le peuple avait d'ailleurs ouvertement pris parti contre lui ; il dut quitter secrètement

Toulon. Il se rendit à Lyon, et de là à Dôle, où il mourut deux ans après, le 4 juillet 1733[1].

Le procès eut un retentissement considérable. Les factums écrits à cette occasion, les antifactums, les mémoires instructifs, les observations, les démonstrations, etc., sont nombreux et volumineux. Ils mériteraient sans doute un examen minutieux, peut-être une étude précise. Ceux que possède la Bibliothèque nationale comprennent, dans le catalogue des factums dressé par A. Corda en 1890, soixante-neuf titres, dont le libellé occupe près de quatorze colonnes du catalogue.

On trouve une allusion curieuse à cette affaire dans une brochure publiée en 1733 sous le titre : *Anecdotes pour servir à l'histoire secrète des Ebugors*, et qui attaquait, sous le voile léger d'anagrammes facilement transparents, le vice sodomitique. Mlle de Cadière est devenue *Calederia* ; le Père Girard s'appelle *Ripergader* et est commandant des *Caginiens* (Ignaciens, ou Jésuites). Ces derniers, adeptes fidèles des *Ebugors* (bougres, ou sodomites) reprochaient à *Ripergader*, leur commandant, de s'être laissé gagner par les grâces de *Calederia*, une Cythéréenne. Mais le coupable, après une légère punition, revenait vers ses passions premières[2].

Un petit poème du libertin Robbé de Beauveset a célébré aussi, avec malice, les stigmates de la jeune Cadière et les extases du Père Girard :

---

1. Voir le *Journal de J.-F. Barbier*, août, septembre, octobre 1781.
2. Voir *Anecdotes pour servir à l'histoire secrète des Ebugors*, ch. XXI, pp. 109 et suiv.

# EXTASE QUIÉTISTE

*Un matin qu'à l'écart*
*Le bon père Girard*
*Stigmatisait la sœur Cadière,*
*Survint une jeune tourière,*
*Qui resta quelque temps en admiration*
*A l'aspect si nouveau de l'opération ;*
*Car l'on dit qu'elle était pucelle,*
*Très ignorante en bagatelle.*
*Quoi qu'il en soit, voulant voir de plus près,*
*D'un pas mal assuré, doucement elle avance ;*
*Elle examine, et peu de temps après,*
*Voici que nos dévots tombent en défaillance.*
*L'innocente, croyant qu'ils s'en allaient mourir,*
*Regrettait surtout le bon Père ;*
*Et, tâchant de le secourir,*
*Veut lui faire avaler un peu d'eau vulnéraire.*
*Le cafard enrageait qu'elle eût vu le mystère ;*
*Mais se fiant sur sa simplicité,*
*Il la regarde avec sévérité.*
*Passez, ma sœur, dit-il avec emphase ;*
*Passez, nous sommes en extase*[3].

*Thérèse philosophe* a usé de quelques anagrammes, mais au voile très léger : *Dirrag,* Girard ; *Éradice,* Cadière ; *Vencerop,* Provence ; *Volnot,* Toulon.

---

3. Voir le *Journal de J.-F. Barbier,* août, septembre, octobre 1781.
Œuvres badines de Robbé de Beauveset. A Londres, 1901, t. I, p 4.

*Thérèse philosophe, ou Mémoires pour servir à l'histoire de D. Dirrag et de M^lle Éradice* (du Père Girard et de la demoiselle Cadière), avec l'histoire de M^lle Bois-Laurier. La Haye (à la Sphère) s. d. (1748), 2 parties en 1 vol. illustré de 16 gravures libres se repliant dans le volume.

Les réimpressions furent assez nombreuses, et toujours avec des illustrations trop libres pour être publiées ouvertement. C'est la folie des attitudes lubriques, et l'excitation factice par le dessin. La nomenclature de ces éditions serait fastidieuse ; on la trouve tout au long dans la Bibliographie du C^te d'I***, t. III, col. 1211-1213.

L'auteur de cet ouvrage est peut-être d'Arles de Montigny, commissaire des guerres : il fut soupçonné de l'être, et passa huit mois à la Bastille. Le marquis de Sade, dans l'édition de Hollande (1797) de la *Nouvelle Justine* (t. VII, p. 97), désigne le marquis d'Argens comme l'auteur de *Thérèse philosophe*. « D'Argens (d'après ses *Mémoires*, Édition de Paris, 1807, in-8, p. 304) avait vu les procédures les plus cachées de l'affaire du Père Girard et de la Cadière. De Sade, qui était d'une ancienne famille aristocratique et cléricale de Provence, y connut certainement d'Argens, qui était du même pays[4]. »

La première édition, publiée sous le manteau, fut poursuivie avec acharnement par la police. Les rapports publiés dans les *Archives de la Bastille* (t. XII, pp. 299 à 344) parlent à tout instant d'enquêtes, de poursuites, de saisies au sujet de ce

---

4. Voir la Bibliographie du C^te d'I***.

malheureux roman. Les jésuites, encore puissants, y étaient trop dangereusement égratignés : la facilité de leur morale passionnelle y était trop séduisante.

# PREMIÈRE PARTIE

Quoi ! Monsieur, sérieusement, vous voulez que j'écrive mon histoire ? Vous désirez que je vous rende compte des scènes mystiques de M<sup>lle</sup> Éradice avec le très révérend Père Dirrag ; que je vous informe des aventures de M<sup>lle</sup> C... avec l'abbé T... ? Vous demandez, d'une fille qui n'a jamais écrit, des détails qui exigent de l'ordre dans les matières ? Vous désirez un tableau où les scènes dont je vous ai entretenu, ou celles dont nous avons été acteurs, ne perdent rien de leur lasciveté ; que les raisonnements métaphysiques conservent leur énergie ? En vérité, mon cher comte, cela me paraît au-dessus de mes forces. D'ailleurs, Éradice a été mon amie ; le Père Dirrag fut mon directeur ; je dois des sentiments de reconnaissance à M<sup>lle</sup> G... et à l'abbé T... Trahirai-je la confiance de gens à qui j'ai les plus grandes obligations, puisque ce sont les actions des uns et les sages réflexions des autres qui, par gradation, m'ont dessillé les yeux sur les préjugés de ma jeunesse ? Mais si l'exemple, dites-vous, et le raisonnement ont fait votre bonheur, pourquoi ne pas tâcher de contribuer à celui des autres par les mêmes voies, par l'exemple et par le raisonnement ? Pourquoi craindre d'écrire des vérités utiles au bien de la société ? Eh bien, mon cher bienfaiteur, je ne résiste plus : écrivons ; mon ingénuité me tiendra lieu d'un style épuré chez les personnes qui pensent, et je crains peu les sots. Non, vous n'essuierez jamais un refus de votre tendre

Thérèse ; vous verrez tous les replis de son cœur, dès sa plus tendre enfance ; son âme tout entière va se développer dans les détails des petites aventures qui l'ont conduite, comme malgré elle, pas à pas, au comble de la volupté.

Imbéciles mortels ! Vous croyez être maîtres d'éteindre les passions que la nature a mises en vous ! Elles sont l'ouvrage de Dieu. Vous voulez les détruire, ces passions, et les restreindre à de certaines bornes. Hommes insensés ! Vous prétendez donc être des seconds créateurs plus puissants que le premier ? Ne verrez-vous jamais que tout est ce qu'il doit être, et que tout est bien ; que tout est de Dieu, rien de vous, et qu'il est aussi difficile de créer une pensée que de créer un bras ou un œil ?

Le cours de ma vie est une preuve incontestable de ces vérités. Dès ma plus tendre enfance, on ne m'a parlé que d'amour pour la vertu, et d'horreur pour le vice.

« Vous ne serez heureuse, me disait-on, qu'autant que vous pratiquerez les vertus chrétiennes et morales. Tout ce qui s'en éloigne est le vice ; le vice nous attire le mépris, et le mépris engendre la honte et le remords, qui en sont une suite. »

Persuadée de la solidité de ces leçons, j'ai cherché de bonne foi, jusqu'à l'âge de vingt-cinq ans, à me conduire d'après ces principes : nous allons voir comment j'ai réussi.

Je suis née dans la province de Vencerop. Mon père était un bon bourgeois, négociant de…, petite ville jolie, où tout inspire la joie et le plaisir ; la galanterie semble y former seule tout l'intérêt de la société. On y aime dès qu'on pense, et on n'y pense que pour se faciliter les moyens de goûter les douceurs de l'amour. Ma mère, qui était de…, ajoutait à la vivacité de l'esprit des femmes de cette province, voisine de celle de Vencerop, l'heureux tempérament d'une voluptueuse Vencéropale. Mon père et ma mère vivaient avec économie d'un revenu modique et du produit de leur petit commerce. Leurs travaux n'avaient pu changer l'état de leur fortune : mon père payait une jeune veuve, marchande dans son voisinage, sa maîtresse ; ma mère était payée par son amant, gentilhomme fort riche, qui avait la bonté d'honorer mon père de son amitié. Tout se passait avec un ordre admirable : on savait à quoi s'en tenir de part et d'autre, et jamais ménage ne parut plus uni.

Après dix années, écoulées dans un arrangement si louable, ma mère devint enceinte : elle accoucha de moi. Ma naissance lui donna une incommodité qui fut peut-être plus terrible pour elle que ne l'eût été la mort même. Un effort, dans l'accouchement, lui causa une rupture qui la mit dans la triste nécessité de renoncer pour toujours aux plaisirs qui m'avaient donné l'existence.

Tout changea de face dans la maison paternelle. Ma mère devint dévote, le Père gardien des capucins remplaça les visites assidues de M. le marquis de ***, qui fut congédié. Le fonds de tendresse de ma mère ne fit que changer d'objet : elle donna à Dieu, par nécessité, ce qu'elle avait donné au marquis par goût et par tempérament.

Mon père mourut et me laissa au berceau. Ma mère, je ne sais par quelle raison, fut s'établir à Volnot, port de mer célèbre. De la femme la plus galante, elle était devenue la plus sage et peut-être la plus vertueuse qui fut jamais.

J'avais à peine sept ans, lorsque cette tendre mère, sans cesse occupée du soin de ma santé et de mon éducation, s'aperçut que je maigrissais à vue d'œil ; un habile médecin fut appelé pour être consulté sur ma maladie ; j'avais un appétit dévorant, point de fièvre ; je ne me ressentais aucune douleur ; cependant ma vivacité se perdait, mes jambes ne pouvaient plus me porter. Ma mère, craintive pour mes jours, ne me quitta plus et me fit coucher avec elle. Quelle fut sa surprise, lorsqu'une nuit, me voyant endormie, elle s'aperçut que j'avais la main sur la partie qui nous distingue des hommes, où par un frottement bénin je me procurais des plaisirs peu connus d'une fille de sept ans et très communs parmi celles de quinze. Ma mère pouvait à peine croire ce qu'elle voyait. Elle lève doucement la couverture et le drap ; elle apporte une lampe qui était allumée dans la chambre, et, en femme prudente et connaisseuse, elle attend constamment le dénouement de mon action. Il fut tel qu'il devait être : je m'agitai, je tressaillis, et le plaisir m'éveilla.

Ma mère, dans le premier mouvement, me gronda de la bonne sorte ; elle me demanda de qui j'avais appris les horreurs dont elle venait d'être témoin. Je lui répondis en pleurant que j'ignorais en quoi j'avais pu la fâcher ; que je ne savais ce qu'elle voulait me dire par les termes d'*attouchements déshonnêtes*, d'*impudicité* et de *péché mortel,* dont elle se servait. La naïveté de mes réponses la convainquit de mon innocence, et je me rendormis ; nouveaux chatouillements de ma part, nouvelles plaintes de celle de ma mère. Enfin, après quelques nuits d'observation attentive, on ne douta plus que ce ne fût la force de mon tempérament qui me faisait faire en dormant ce qui sert à soulager tant de pauvres religieuses en veillant. On prit le parti de me lier les mains, de manière qu'il me fut impossible de continuer mes amusements nocturnes.

Je recouvrai bientôt ma santé et ma première vigueur. L'habitude se perdit, mais le tempérament augmenta. A l'âge de neuf à dix ans, je sentais une inquiétude, des désirs dont je ne connaissais pas le but. Nous nous assemblions souvent, de jeunes filles et garçons de mon âge, dans un grenier ou dans quelque chambre écartée. Là, nous jouions à de petits jeux : un d'entre nous était élu le maître d'école, la moindre faute était punie par le fouet. Les garçons défaisaient leurs culottes, les filles troussaient jupes et chemises, on se regardait attentivement ; vous eussiez vu cinq ou six petits culs admirés, caressés et fouettés tour à tour. Ce que nous appelions la *guigui* des garçons nous servait de jouet ; nous passions et repassions cent fois la main dessus, nous la pressions à pleine main, nous en faisions des poupées, nous baisions ce petit instrument, dont nous étions bien éloignées de connaître l'usage et le prix ; nos petites fesses étaient baisées à leur tour : il n'y avait que le centre des plaisirs qui était négligé ; pourquoi cet oubli ?

Je l'ignore ; mais tels étaient nos jeux ; la simple nature les dirigeait, une exacte vérité me les dicte.

Après deux années passées dans ce libertinage innocent, ma mère me mit dans un couvent : j'avais alors environ onze ans. Le premier soin de la supérieure fut de me disposer à faire ma première confession. Je me présentai à ce tribunal sans crainte, parce que j'étais sans remords. Je débitai au vieux gardien des capucins, directeur de conscience de ma mère, qui m'écoutait, toutes les fadaises, les peccadilles d'une fille de mon âge. Après m'être accusée des fautes dont je me croyais coupable :

« Vous serez un jour une sainte, me dit ce bon Père, si vous continuez de suivre, comme vous avez fait, les principes de vertu que votre mère vous inspire ; évitez surtout d'écouter le démon de la chair ; je suis le confesseur de votre mère ; elle m'a alarmé sur le goût qu'elle vous croit pour l'impureté, le plus infâme des vices ; je suis bien aise qu'elle se soit trompée dans les idées qu'elle avait conçues de la maladie que vous avez eue il y a quatre ans ; sans ses soins, ma chère enfant, vous perdiez votre corps et votre âme. Oui, je suis certain, présentement, que les attouchements dans lesquels elle vous a surprise n'étaient pas volontaires, et je suis convaincu qu'elle s'est trompée dans la conclusion qu'elle en a tirée pour votre salut. »

Alarmée de ce que me disait mon confesseur, je lui demandai ce que j'avais donc fait qui eût pu donner à ma mère une si mauvaise idée de moi. Il ne fit aucune difficulté de m'apprendre dans les termes les plus mesurés ce qui s'était passé et les précautions que ma mère avait prises pour me corriger d'un défaut dont il était à désirer, disait-il, que je ne connusse jamais les conséquences.

Ces réflexions m'en firent faire insensiblement sur nos amusements du grenier, dont je viens de parler. La rougeur me couvrit le visage, je baissai les yeux comme une personne honteuse, interdite, et je crus apercevoir, pour la première fois, du crime dans nos plaisirs. Le Père me demanda la cause de mon silence et de ma tristesse ; je lui dis tout. Quels détails n'exigea-t-il pas de moi ! Ma naïveté sur les termes, sur les attitudes et sur le genre des plaisirs dont je convenais servit encore à le persuader de mon innocence. Il blâma ces jeux avec une prudence peu commune aux ministres de l'Eglise ; mais ses expressions désignèrent assez l'idée qu'il concevait de mon tempérament. Le jeune, la prière, la méditation, le cilice furent les armes dont il m'ordonna de combattre par la suite mes passions.

— Ne portez jamais, me dit-il, la main ni même les yeux sur cette partie infâme par laquelle vous pissez, qui n'est autre chose que la pomme qui a séduit Adam, et qui a opéré la condamnation du genre humain par le péché originel ; elle est habitée par le démon, c'est son séjour, c'est son trône ; évitez de vous laisser surprendre par cet ennemi de Dieu et des hommes. La nature couvrira bientôt cette partie d'un vilain poil, tel que celui qui sert de couverture aux bêtes féroces, pour marquer, par cette punition, que la honte, l'obscurité et l'oubli doivent être son partage. Gardez-vous encore avec plus de précaution de ce morceau de chair des jeunes garçons de votre âge qui faisait votre amusement dans le grenier : c'est le serpent, ma chère, qui tenta Eve, notre mère commune. Que vos regards et vos attouchements ne soient jamais souillés par cette vilaine bête : elle vous piquerait et vous dévorerait infailliblement tôt ou tard. »

— Quoi ! Serait-il bien possible, mon père, repris-je tout émue, que ce soit là un serpent et qu'il soit aussi dangereux que vous le dites ! Hélas ! Il m'a paru si doux ! Il n'a mordu aucune de mes compagnes ; je vous assure qu'il n'avait qu'une très petite bouche et point de dents, je l'ai bien vu…

— Allons, mon enfant, dit mon confesseur, en m'interrompant, croyez ce que je vous dis : les serpents que vous avez eu la témérité de toucher étaient encore trop jeunes, trop petits pour opérer les maux dont ils sont capables ; mais ils s'allongeront, ils grossiront, ils s'élanceront contre vous, c'est alors que vous devez redouter l'effet du venin qu'ils ont coutume de darder avec une sorte de fureur, et qui empoisonnerait votre corps et votre âme.

Enfin, après quelques autres leçons de cette espèce, le bon Père me congédia en me laissant dans une étrange perplexité. Je me retirai dans ma chambre, l'imagination frappée de ce que je venais d'entendre, mais bien plus affectée de l'idée de l'aimable serpent que de celle des remontrances et des menaces qui m'avaient été faites à son sujet. Néanmoins, j'exécutai de bonne foi ce que j'avais promis ; je résistai aux efforts de mon tempérament et je devins un exemple de vertu.

Que de combats, mon cher comte, il m'a fallu rendre jusqu'à l'âge de vingt-cinq ans, temps auquel ma mère me retira de ce maudit couvent ! J'en avais à peine seize lorsque je tombai dans un état de langueur qui était le fruit de mes méditations, elles m'avaient fait apercevoir sensiblement deux passions dans moi, qu'il m'était impossible de concilier. D'un côté, j'aimais Dieu de bonne foi, je désirais de tout mon cœur le servir de la manière dont on m'assurait qu'il voulait être servi. D'un autre côté, je sentais des désirs violents dont je ne pouvais démêler le but. Ce serpent charmant se peignait sans cesse dans mon âme et s'y arrêtait malgré moi, soit en veillant, ou en dormant. Quelquefois, tout émue, je croyais y porter la main, je le caressais, j'admirais son air noble, altier, sa fermeté, quoique j'en ignorasse encore l'usage ; mon cœur battait avec une vitesse étonnante, et dans la force de mon extase ou de mon rêve, toujours marqué par un frémissement de volupté, je ne me connaissais presque plus, ma main se trouvait saisie de la pomme, mon doigt remplaçait le serpent.

Excitée par les avant-coureurs du plaisir, j'étais incapable d'aucune autre réflexion ; l'enfer entr'ouvert sous mes yeux n'aurait pas eu le pouvoir de m'arrêter : remords impuissants ! Je mettais le comble à la volupté.

Que de troubles ensuite ! Le jeûne, le cilice, la méditation étaient ma ressource : je fondais en larmes. Ces remèdes, en détraquant la machine, me guérirent à la vérité tout à coup de ma passion ; mais ils ruinèrent ensemble mon tempérament et ma santé ; je tombai enfin dans un état de langueur qui me conduisait visiblement au tombeau, lorsque ma mère me retira du couvent.

Répondez, théologiens fourbes ou ignorants qui créez nos crimes à votre gré : qui est-ce qui avait mis en moi les deux passions dont j'étais combattue, *l'amour de Dieu et celui du plaisir de la chair ?* Est-ce la Nature ou le Diable ? Optez. Mais oseriez-vous avancer que l'un ou l'autre soient plus puissants que Dieu ? S'ils lui sont subordonnés, c'est donc que Dieu avait permis que ces passions fussent en moi : c'était son ouvrage. Mais, répliquerez-vous, Dieu vous a donné la raison pour vous éclairer. Oui, mais non pas pour me décider. La raison m'avait bien fait apercevoir les deux passions dont j'étais agitée : c'est par elle que j'ai conçu par la suite que, tenant tout de Dieu, je tenais de lui ces passions dans toute la force où elles étaient ; mais cette même raison qui m'éclairait ne me décidait point. Dieu, cependant, continuerez-vous, vous ayant laissée maîtresse de votre volonté, vous étiez libre de vous déterminer pour le bien ou pour le mal. Pur jeu de mots. Cette volonté et cette prétendue liberté n'ont de degré de force, n'agissent que conséquemment aux degrés de force des passions et des appétits qui nous sollicitent. Je parais, par exemple, être libre de me tuer, de me jeter par la fenêtre. Point du tout, dès que l'envie de vivre est plus forte en moi que celle de mourir, je ne me tuerai jamais. Tel homme, direz-vous, est bien le maître de donner aux pauvres, à son indulgent confesseur, cent louis d'or qu'il a dans sa poche. Il ne l'est point : l'envie qu'il a de conserver son argent étant plus forte que celle d'obtenir une absolution inutile de ses péchés, il gardera nécessairement son argent. Enfin, chacun peut se démontrer à soi-même que la raison ne sert qu'à faire connaître à l'homme quel est le degré d'envie de faire ou d'éviter telle ou telle chose, combiné avec le plaisir ou le déplaisir qui doit lui revenir. De cette connaissance acquise par la raison il résulte ce que nous appelons la *volonté* et la *détermination*. Mais cette volonté et cette détermination sont aussi parfaitement soumises aux degrés de passion ou de désir qui nous agitent qu'un poids de quatre livres détermine nécessairement le côté d'une balance qui n'a que deux livres à soulever dans son autre bassin.

Mais, me dira un raisonneur qui n'aperçoit que l'écorce, ne suis-je pas libre de boire à mon dîner une bouteille de Bourgogne ou une de Champagne ? Ne suis-je pas le maître de choisir pour ma promenade la grande allée des Tuileries ou la terrasse des Feuillants ?

Je conviens que dans tous les cas où l'âme est dans une indifférence parfaite sur sa détermination, que dans les circonstances où les désirs de faire telle ou telle chose sont dans une balance égale, dans un juste équilibre, nous ne pouvons pas apercevoir ce défaut de liberté ; c'est un lointain dans lequel nous ne discernons plus les objets ; mais rapprochons-les un peu, ces objets, nous apercevons bientôt distinctement le mécanisme des actions de notre vie, et dès que nous en connaîtrons une, nous les connaîtrons toutes, puisque la nature n'agit que par un même principe.

Notre raisonneur se met à table, on lui sert des huîtres ; ce mets le détermine pour le vin de Champagne. Mais, dira-t-on, il était libre de choisir du Bourgogne. Je dis que non : il est bien vrai qu'un autre motif, qu'une autre envie plus puissante que la première pouvait le déterminer à boire de ce dernier vin : eh bien, en ce cas, cette dernière envie aurait également contraint sa prétendue liberté.

Notre même raisonneur, en entrant aux Tuileries, aperçoit une jolie femme de sa connaissance sur la terrasse des Feuillants ; il se détermine à la joindre, à moins que quelque autre raison d'intérêt ou de plaisir ne le conduise dans la grande allée. Mais, de quelque côté qu'il choisisse, ce sera toujours une raison, un désir, qui le décidera invinciblement à prendre l'un ou l'autre parti, qui contraindra sa volonté.

Pour admettre que l'homme fût libre, il faudrait supposer qu'il se déterminât par lui-même ; mais s'il est déterminé par les degrés de passions dont la nature et les sensations l'affectent, il n'est pas libre ; un degré de désir plus ou moins vif le décide aussi invinciblement qu'un poids de quatre livres en entraîne un de trois.

Je demande encore à mon dialogueur qu'il me dise qu'est-ce qui l'empêche de penser comme moi sur la matière dont il s'agit ici, et pourquoi je ne peux pas me déterminer à penser comme lui sur cette matière. Il me répondra sans doute que ses idées, ses notions, ses sensations le contraignent de penser comme il fait. Mais de cette réflexion qui lui démontre intérieurement qu'il n'est pas maître d'avoir la volonté de penser comme moi, ni moi celle de penser comme lui, il faut bien qu'il convienne que nous ne sommes pas libres de penser de telle ou telle manière. Or, si nous ne sommes pas libres de penser, comment serions-nous libres d'agir, puisque la pensée est la cause, et que l'action n'est que l'effet ; et peut-il résulter un effet *libre* d'une cause qui n'est pas *libre* ? Cela implique contradiction.

Pour achever de nous convaincre de cette vérité, aidons-nous du flambeau de l'expérience. Grégoire, Daraon et Philinte sont trois frères qui ont été élevés par les mêmes maîtres jusqu'à l'âge de vingt-cinq ans ; ils ne se sont jamais quittés, ils ont reçu la même éducation, les mêmes leçons de morale, de religion. Cependant Grégoire aime le vin, Damon aime les femmes, Philinte est dévot. Qui est-ce qui a déterminé les trois différentes volontés de ces trois frères ? Ce ne peut être ni l'acquis, ni la connaissance du bien et du mal moral, puisqu'ils n'ont reçu que les mêmes préceptes par les mêmes maîtres ; chacun d'eux avait donc en lui différents principes, différentes passions, qui ont décidé ces diverses volontés, malgré l'uniformité des connaissances acquises. Je dis plus : Grégoire, qui aimait le vin, était le plus honnête homme, le plus sociable, le meilleur ami lorsqu'il n'avait pas bu, mais dès qu'il avait goûté de cette liqueur enchanteresse, il devenait médisant, calomniateur, querelleur, il se serait coupé la gorge par goût avec son meilleur ami. Or, Grégoire était-il maître de ce changement de volonté qui se faisait tout à coup dans lui ? Non, certainement, puisque de sang-froid il détestait les actions qu'il avait été forcé de commettre dans le vin. Quelques sots cependant admiraient l'esprit de continence dans Grégoire, qui n'aimait pas les femmes ; la sobriété de Damon, qui n'aimait le vin ; et la piété de Philinte, qui n'aimait ni les femmes ni le vin, mais qui jouissait du même plaisir que les deux premiers, par son goût pour la dévotion. C'est ainsi que la plupart des hommes sont dupes de l'idée qu'ils ont des vices et des vertus humaines.

Concluons. L'arrangement des organes, les dispositions des fibres, un certain mouvement des liqueurs donnent le genre des passions ; les degrés de force dont elles nous agitent contraignent la raison, déterminent la volonté dans les plus grandes actions de notre vie. C'est ce qui fait l'homme passionné, l'homme sage, l'homme fou. Le fou n'est pas moins libre que les deux premiers, puisqu'il agit par les mêmes principes ; la nature est uniforme. Supposer que l'homme est libre et qu'il se détermine par lui-même, c'est le faire égal à Dieu.

Revenons à ce qui me regarde. J'ai dit qu'à vingt-cinq ans ma mère me retira presque mourante du couvent où j'étais. Toute la machine languissait, mon teint était jaune, mes lèvres livides : je ressemblais à un squelette vivant. Enfin, la dévotion allait me rendre homicide de moi-même, lorsque je rentrai dans la maison de ma mère. Un habile médecin, envoyé de sa part à mon couvent, avait connu d'abord le principe de ma maladie.

Cette liqueur divine, qui nous procure le seul plaisir physique, le seul qui se goûte sans amertume, cette liqueur, dis-je, dont l'écoulement est aussi nécessaire à certains tempéraments que celui qui résulte des aliments qui nous nourrissent, avait reflué des vaisseaux qui lui sont propres dans d'autres qui lui sont étrangers ; ce qui avait jeté le désordre dans toute la machine.

On conseilla à ma mère de me chercher un mari, comme le seul remède qui pût me sauver la vie. Elle m'en parla avec douceur, mais, infatuée que j'étais de mes préjugés, je lui répondis, sans ménagement, que j'aimais mieux mourir que de déplaire à Dieu par un état aussi méprisable, qu'il ne tolérait que par un effet de sa grande bonté. Tout ce qu'elle put me dire ne m'ébranla point ; la nature affaiblie ne me laissait aucune espèce de désirs pour ce monde ; je n'envisageais que le bonheur qu'on m'avait promis dans l'autre.

Je continuai donc mes exercices de piété avec toute la ferveur imaginable. On m'avait beaucoup parlé du fameux Père Dirrag ; je voulus le voir, il devint mon directeur, et M<sup>lle</sup> Éradice, sa plus tendre pénitente, fut bientôt ma meilleure amie.

Vous connaissez, mon cher comte, l'histoire de ces deux célèbres personnages ; je n'entreprendrai point de vous répéter tout ce que le public en sait et en dit ; mais un trait singulier, dont j'ai été témoin, pourra vous amuser, et servir à vous convaincre que, s'il est vrai que M<sup>lle</sup> Éradice se soit enfin livrée avec connaissance de cause aux embrassements de ce cafard, il est du moins certain qu'elle a été longtemps la dupe de sa sainte lubricité.

M<sup>lle</sup> Éradice avait pris pour moi l'amitié la plus tendre, elle me confiait ses plus secrètes pensées ; la conformité d'humeur, de pratique de piété, peut-être même de tempérament, qui était entre nous, nous rendait inséparables. Toutes deux vertueuses, notre passion dominante était d'avoir la réputation d'être saintes avec une envie démesurée de faire des miracles. Cette passion la dominait si puissamment, qu'elle eût souffert, avec une constance digne des martyrs, tous les tourments imaginables, si on lui eût persuadé qu'ils pouvaient faire ressusciter un second Lazare ; et le Père Dirrag avait, par-dessus tout, le talent de lui faire croire tout ce qu'il voulait.

Éradice m'avait dit plusieurs fois, avec une sorte de vanité, que ce Père ne se communiquait tout entier qu'à elle seule ; que dans les entretiens particuliers qu'ils avaient souvent ensemble chez elle, il l'avait assurée qu'elle n'avait plus que quelques pas à faire pour parvenir à la sainteté ; que Dieu le lui avait révélé dans un songe, par lequel il avait connu clairement qu'elle était à la veille d'opérer les plus grands miracles, si elle continuait à se laisser conduire par les degrés de vertu et de mortification nécessaires.

La jalousie et l'envie sont de tous les états : celui de dévote peut-être en est le plus susceptible.

Éradice s'aperçut que j'étais jalouse de son bonheur, et que même je paraissais ne pas ajouter foi à ce qu'elle me disait.

Effectivement, je lui témoignais d'autant plus de surprise de ce qu'elle m'apprenait de ses entretiens particuliers avec le Père Dirrag, qu'il avait toujours éludé d'en avoir de semblables avec moi, dans la maison d'une de ses pénitentes, mon amie, qui était stigmatisée, ainsi qu'Éradice. Sans doute que ma triste figure et que mon teint jaunâtre n'avaient pas paru au révérend Père être pour lui un restaurant propre à exciter le goût nécessaire à ses travaux spirituels. J'étais piquée au jeu : point de stigmates, point d'entretien particulier pour moi ! Mon humeur perça, j'affectai paraître ne rien croire.

Éradice, d'un air ému, m'offrit de me rendre, dès le lendemain matin, témoin oculaire de son bonheur.

« Vous verrez, me dit-elle avec feu, quelle est la force de mes exercices spirituels, par quels degrés de pénitence le bon Père me conduit à devenir une grande sainte, et vous ne douterez plus des extases, des ravissements qui sont une suite de ces mêmes exercices. Que mon exemple, ma chère Thérèse, ajouta-t-elle en se radoucissant, ne peut-il opérer dans vous, pour premier miracle, la force de détacher entièrement votre esprit de la matière par la grande vertu de la méditation, pour ne les mettre qu'en Dieu seul ! »

Je me rendis le lendemain, à cinq heures du matin, chez Éradice, comme nous en étions convenues. Je la trouvai en prière, un livre à la main.

« Le saint homme va venir, me dit-elle, et Dieu avec lui : cachez-vous dans ce petit cabinet, d'où vous pourrez entendre et voir jusqu'où la bonté divine veut bien s'étendre, en faveur de sa vile créature, par les soins pieux de notre directeur. »

Un instant après, on frappa doucement à la porte. Je me sauvai dans le cabinet dont Éradice prit la clef. Un trou large comme la main, qui était dans la porte de ce cabinet couvert d'une vieille tapisserie de Bergame, très claire, me laissait voir librement la chambre en son entier, sans risque d'être aperçue.

Le bon Père entra.

« Bonjour, ma chère sœur en Dieu, lui dit-il. Que le Saint-Esprit et saint François soient avec vous !

Elle voulut se jeter à ses pieds, mais il la releva et il la fit asseoir à côté de lui. »

« Il est nécessaire, lui dit le saint homme, que je vous répète les principes sur lesquels vous devez vous guider dans toutes les actions de votre vie ; mais parlez-moi, auparavant, de vos stigmates ; celui que vous avez sur la poitrine est-il toujours dans le même état ? Voyons un peu. »

Éradice se mit d'abord en devoir de découvrir son téton gauche, au-dessous duquel il était.

« Ah ! Ma sœur, arrêtez : couvrez votre sein avec ce mouchoir (il lui en tendait un) ; de pareilles choses ne sont pas faites pour un membre de notre société : il suffira que je voie la plaie que saint François y a imprimée. Ah ! Il subsiste. Bon, dit-il, je suis content. Saint François vous aime toujours : la plaie est vermeille et pure ; j'ai eu soin d'apporter encore avec moi le saint morceau de son cordon ; nous en aurons besoin à la suite de nos exercices. Je vous ai déjà dit, ma sœur, continua-t-il, que je vous distinguais de toutes mes pénitentes, vos compagnes, parce que je vois que Dieu vous distingue de son saint troupeau, comme le soleil est distingué de la lune et des autres planètes. C'est pour cette raison que je n'ai pas craint de vous révéler ses mystères les plus cachés. Je vous l'ai dit, ma chère sœur, oubliez-vous et laissez faire. Dieu ne veut des hommes que le cœur et l'esprit. C'est en oubliant le corps qu'on parvient à s'unir à Dieu, à devenir sainte, à opérer des miracles. Je ne puis vous dissimuler, mon petit ange, que dans notre dernier exercice, je me suis aperçu que votre esprit tenait encore à la chair. Quoi ! ne pouvez-vous, en partie, imiter ces bienheureux martyrs, qui ont été flagellés, tenaillés, rôtis, sans souffrir la moindre douleur, parce que leur imagination était tellement occupée de la gloire de Dieu, qu'il n'y avait dans eux aucune particule d'esprit qui ne fût employée à cet objet ? C'est un mécanisme certain, ma chère fille : nous sentons et nous n'avons d'idée du bien et du mal physique, comme du bien et du mal moral, que par la voie des sens.

Dès que nous touchons, que nous entendons, que nous voyons, etc., un objet, des particules d'esprit se coulent dans les petites cavités des nerfs qui vont en avertir l'âme. Si vous avez assez de ferveur pour rassembler, par la force de la méditation sur l'amour que vous devez à Dieu, toutes les particules d'esprit qui sont en vous, en les appliquant toutes à cet objet, il est certain qu'il n'en restera aucune pour avertir l'âme des coups que votre chair recevra : vous ne les sentirez pas. Voyez ce chasseur, l'imagination remplie de forcer le gibier qu'il poursuit, il ne sent ni les ronces, ni les épines dont il est déchiré en perçant les forêts. Plus faible que lui, dans un objet mille fois plus intéressant, sentirez-vous de faibles coups de discipline, si votre âme est fortement occupée du bonheur qui vous attend ? Telle est la pierre de touche qui nous conduit à faire des miracles ; tel doit être l'état de perfection qui nous unit à Dieu. Nous allons commencer, ma chère fille : remplissez bien vos devoirs, et soyez sûre qu'avec l'aide du cordon de saint François et votre méditation, ce pieux exercice finira par un torrent de délices inexprimables. Mettez-vous à genoux, mon enfant, et découvrez ces parties de la chair qui sont les motifs de la colère de Dieu : la mortification qu'elles éprouveront unira intimement votre esprit à lui. Je vous le répète, oubliez-vous et laissez-vous faire. »

M^{lle} Éradice obéit aussitôt sans répliquer. Elle se mit à genoux sur un prie-Dieu, un livre devant elle ; puis, levant ses jupes et sa chemise jusqu'à la ceinture, elle laissa voir des fesses blanches comme la neige et d'un ovale parfait, soutenues de deux cuisses d'une proportion admirable.

« Levez plus haut votre chemise, lui dit-il : elle n'est pas bien ; là, c'est ainsi. Joignez présentement les mains et élevez votre âme à Dieu ; remplissez votre esprit de l'idée du bonheur éternel qui vous est promis. »

Alors le Père approcha un tabouret sur lequel il se mit à genoux derrière et un peu à côté d'elle. Sous sa robe, qu'il releva et qu'il passa dans sa ceinture, était une grosse et longue poignée de verges, qu'il présenta à baiser à sa pénitente.

Attentive à l'événement de cette scène, j'étais remplie d'une sainte horreur ; je sentais une sorte de frémissement que je ne puis décrire. Éradice ne disait mot. Le Père parcourait, avec des yeux pleins de feu, les fesses qui lui servaient de perspective ; et comme il avait ses regards fixés sur elles, j'entr'ouis qu'il disait à basse voix, d'un ton d'admiration :

« Ah ! La belle gorge ! Quels tétons charmants ! »

Puis il se baissait, se relevait par intervalles, en marmottant quelques versets ; rien n'échappait à sa lubricité. Après quelques minutes, il demanda à sa pénitente si son âme était entrée en contemplation.

— Oui, mon très révérend Père, lui dit-elle ; je sens que mon esprit se détache de la chair, et je vous supplie de commencer le saint œuvre.

— Cela suffit, reprit le Père, votre esprit va être content.

Il récita encore quelques prières, et la cérémonie commença par trois coups de verges qu'il lui appliqua assez légèrement sur le derrière. Ces trois coups furent suivis d'un verset qu'il récita, et successivement de trois autres coups de verges, un peu plus forts que les premiers.

Après cinq ou six versets récités et interrompus par cette sorte de diversion, quelle fut ma surprise, lorsque je vis le

Père Dirrag, déboutonnant sa culotte, donner l'essor à un trait enflammé qui était semblable à ce serpent fatal qui m'avait attiré les reproches de mon ancien directeur ! Ce monstre avait acquis la longueur, la grosseur et la fermeté prédites par le capucin ; il me faisait frissonner. Sa tête rubiconde paraissait menacer les fesses d'Éradice, qui étaient devenues du plus bel incarnat ; le visage du Père était tout en feu.

« Vous devez être présentement, dit-il, dans l'état le plus parfait de contemplation : votre âme doit être détachée des sens. Si ma fille ne trompe pas mes saintes espérances, elle ne voit plus, n'entend plus, ne sent plus. »

Dans ce moment, ce bourreau fit tomber une grêle de coups sur toutes les parties du corps d'Éradice qui étaient à découvert. Cependant elle ne disait mot, elle semblait être immobile, insensible à ces terribles coups, et je ne distinguais simplement dans elle qu'un mouvement convulsif de ses deux fesses, qui se serraient et se desserraient à chaque instant.

« Je suis content de vous, lui dit-il après un quart d'heure de cette cruelle discipline ; il est temps que vous commenciez à jouir du fruit de vos saints travaux ; ne m'écoutez pas, ma chère fille, mais laissez-vous conduire : prosternez votre face contre terre : je vais, avec le vénérable cordon de saint François, chasser tout ce qui reste d'impur au dedans de vous. »

Le bon Père la plaça, en effet, dans une attitude humiliante à la vérité, mais aussi la plus commode à ses desseins. Jamais on ne l'a présenté plus beau : ses fesses étaient entr'ouvertes, et on découvrait en entier la double route des plaisirs.

Après un instant de contemplation de la part du cafard, il humecta de salive ce qu'il appelait le *cordon*, et en proférant quelques paroles, d'un ton qui sentait l'exorcisme d'un prêtre qui travaille à chasser le diable du corps d'un démoniaque, Sa Révérence commença son intromission.

J'étais placée de manière à ne pas perdre la moindre circonstance de cette scène ; les fenêtres de la chambre où elle se passait faisaient face à la porte du cabinet dans lequel j'étais renfermée. Éradice venait d'être placée à genoux sur le plancher, les bras croisés sur le marchepied de son prie-Dieu, et la tête appuyée sur ses bras ; sa chemise, soigneusement relevée jusqu'à la ceinture, me laissait voir, à demi-profil, des fesses et une chute de reins admirables. Cette luxurieuse perspective fixait l'attention du très révérend Père, qui s'était mis lui-même à genoux, les jambes de sa pénitente placée entre les siennes, ses culottes basses, son terrible cordon à la main, marmottant quelques mots mal articulés.

Il resta pendant quelques instants dans cette édifiante attitude, parcourant l'autel avec des regards enflammés, et paraissant indécis sur la nature du sacrifice qu'il allait offrir. Deux embouchures se présentaient, il les dévorait des yeux, embarrassé sur le choix : l'une était un friand morceau pour un homme de sa robe, mais il avait promis du plaisir, de l'extase à sa pénitente ; comment faire ? Il osa diriger plusieurs fois la tête de son instrument sur la porte favorite à laquelle il heurtait légèrement ; mais enfin la prudence l'emporta sur le goût, je lui dois cette justice. Je vis distinctement le rubicond Priape de Sa Révérence enfiler la route canonique, après avoir entr'ouvert délicatement les lèvres vermeilles avec le pouce et l'index de chaque main.

Ce travail fut d'abord entamé par trois vigoureuses secousses qui en firent entrer près de la moitié ; alors, tout à coup, la tranquillité apparente du Père se changea en une espèce de fureur. Quelle physionomie ! Ah Dieu ! Figurez-vous un satyre, les lèvres chargées d'écume, la bouche béante, grinçant parfois les dents, soufflant comme un taureau qui mugit : ses narines étaient enflées et agitées ; il soutenait ses mains élevées à quatre doigts de la croupe d'Éradice, sur laquelle on voyait qu'il n'osait les appliquer pour y prendre un point d'appui ; ses doigts écartés étaient en convulsion, et se formaient en pattes de chapon rôti. Sa tête était baissée et ses yeux étincelants restaient fixés sur le travail de la cheville ouvrière, dont il compassait les allées et les venues de manière que, dans le mouvement de rétroaction, elle ne sortît pas de son fourreau, et que, dans celui de l'impulsion, son ventre n'appuyât pas au ventre de la pénitente, laquelle, par réflexion, aurait pu deviner où tenait le prétendu cordon. Quelle présence d'esprit !

Je vis qu'environ la longueur d'un travers de pouce du saint instrument fut constamment réservée au dehors et n'eut pas de part à la fête. Je vis qu'à chaque mouvement que le croupion du Père faisait en arrière, par lequel le cordon se retirait de son gîte jusqu'à la tête, les lèvres de la partie d'Éradice s'entr'ouvraient et paraissaient d'un incarnat si vif qu'elles charmaient la vue. Je vis que, lorsque le Père, par un mouvement opposé, poussait en avant, ces mêmes lèvres, dont on ne voyait plus alors que le petit poil noir qui les couvrait, serraient si exactement la flèche, qui y semblait comme engloutie, qu'il eût été difficile de deviner auquel des deux acteurs appartenait cette cheville par laquelle ils paraissaient l'un et l'autre également attachés.

Quelle mécanique ! Quel spectacle, mon cher comte, pour une fille de mon âge, qui n'avait aucune connaissance de ce genre de mystère ! Que d'idées différentes me passèrent dans l'esprit, sans pouvoir me fixer à aucune ! Il me souvient seulement que vingt fois je fus sur le point de m'aller jeter aux genoux de ce célèbre directeur, pour le conjurer de me traiter comme mon amie. Était-ce mouvement de concupiscence ? C'est ce qu'il m'est encore impossible de pouvoir bien démêler.

Revenons à nos acolytes. Les mouvements du Père s'accélérèrent ; il avait peine à garder l'équilibre. Sa posture était telle qu'il formait à peu près, de la tête aux genoux, un S, dont le ventre allait et venait horizontalement aux fesses d'Éradice. La partie de celle-ci, qui servait de canal à la cheville ouvrière, dirigeait tout le travail ; et deux énormes verrues qui pendaient entre les cuisses de Sa Révérence semblaient en être comme les témoins.

— Votre esprit est-il content, ma petite sainte ? dit-il en poussant une sorte de soupir. Pour moi, je vois les cieux ouverts ; la grâce suffisante me transporte ; je...

— Ah ! Mon Père, s'écria Éradice, quel plaisir m'aiguillonne ! Oui, je jouis du bonheur céleste ; je sens que mon esprit est entièrement détaché de la matière : chassez, mon Père, chassez tout ce qui reste d'impur dans moi. Je vois... les... an...ges ; poussez plus avant... poussez donc... Ah !... ah !... bon... saint François !... ne m'abandonnez pas ; je sens le cor... le cor... le cordon... Je n'en puis plus... je me meurs !...

Le Père, qui sentait également les approches du souverain plaisir, bégayait, poussait, soufflait, haletait. Enfin, les dernières paroles d'Éradice furent le signal de sa retraite : je vis le fier serpent devenu humble, rampant, sortir, couvert d'écume, de son étui.

Tout fut promptement remis dans sa place, et le Père, en laissant tomber sa robe, gagna à pas chancelants le prie-Dieu qu'Éradice avait quitté. Là, feignant de se mettre en oraison, il ordonna à sa pénitente de se lever, de se couvrir, puis de venir se joindre à lui, pour remercier le Seigneur des faveurs qu'elle venait d'en recevoir.

Que vous dirai-je enfin, mon cher comte ! Dirrag sortit, et Éradice, qui m'ouvrit la porte du cabinet, me sauta au cou en m'abordant.

« Ah ! Ma chère Thérèse, me dit-elle, prends part à ma félicité : oui, j'ai vu le paradis ouvert, j'ai participé au bonheur des anges. Que de plaisirs, mon amie, pour un moment de peines ! Par la vertu du saint cordon, mon âme était presque détachée de la matière. Tu as pu voir par où notre bon directeur l'a introduit en moi. Eh bien ! Je t'assure que je l'ai senti pénétrer jusqu'à mon cœur ; un degré de ferveur de plus, n'en doute point, je passais à jamais dans le séjour des bienheureux. »

Éradice me tint mille autres discours avec un ton, avec une vivacité qui ne purent me laisser douter de la réalité du bonheur suprême dont elle avait joui. J'étais si émue qu'à peine lui répondis-je pour la féliciter ; mon cœur étant dans la plus vive agitation, je l'embrassai et je sortis.

Que de réflexions sur l'abus qui se fait des choses les plus respectables établies dans la société ! Avec quel art ce penaillon conduit sa pénitente à ses fins impudiques ! Il lui échauffe l'imagination sur l'envie d'être sainte ; il lui persuade qu'on n'y parvient qu'en détachant l'esprit de la chair. De là il la conduit à la nécessité d'en faire l'épreuve par une vigoureuse discipline : cérémonie qui était sans doute un restaurant du goût du cafard, propre à réveiller l'élasticité usée de son nerf érecteur.

« Vous ne devez rien sentir, lui dit-il, rien voir, rien entendre, si votre contemplation est parfaite. »

Par ce moyen, il s'assure qu'elle ne tournera pas la tête, qu'elle ne verra rien de son impudicité. Les coups de fouet qu'il lui applique sur les fesses attirent les esprits dans le quartier qu'il doit attaquer, ils réchauffent ; et enfin la ressource qu'il s'est préparée par le cordon de saint François, qui, par son intromission, doit chasser tout ce qui reste d'impur dans le corps de sa pénitente, le fait jouir sans crainte des faveurs de sa docile prosélyte ; elle croit tomber dans une extase divine, purement spirituelle, lorsqu'elle jouit des plaisirs de la chair les plus voluptueux.

Toute l'Europe a su l'aventure du Père Dirrag et de Mlle Éradice, tout le monde en a raisonné, mais peu de personnes ont connu réellement le fond de cette histoire, qui était devenue une affaire de parti entre les M... et les J...[1]. Je ne répéterai point ici ce qui en a été dit ; toutes les procédures vous sont connues ; vous avez vu les *factums*, les écrits qui ont paru de part et d'autre, et vous savez quelle en a été la suite. Voici le peu que j'en sais par moi-même, au delà du fait dont je viens de vous rendre compte.

Mlle Éradice est à peu près de mon âge. Elle est née à Volnot, fille d'un marchand, auprès duquel ma mère se logea lorsqu'elle alla s'établir dans cette ville. Sa taille est bien prise, et sa peau d'une beauté singulière, blanche à ravir ; ses cheveux noirs comme jais ; de très beaux yeux, un air de vierge. Nous avons été amies dans l'enfance ; mais, lorsque je fus mise au couvent, je la perdis de vue. Sa passion dominante était de se distinguer de ses compagnes, de faire parler d'elle. Cette passion, jointe à un grand fonds de tendresse, lui fit choisir le parti de la dévotion, comme le plus propre à son projet. Elle aima Dieu comme on aime son amant. Dans le temps que

---

1. Les Moines (sans doute) et les Jésuites. Ce fut, en réalité, une lutte acharnée entre jansénistes et jésuites.

je la retrouvai, pénitente du Père Dirrag, elle ne parlait que de méditation, de contemplation, d'oraisons ; c'était alors le style de la gent mystique de la ville et même de la province. Ses manières modestes lui avaient acquis depuis longtemps la réputation d'une haute vertu. Éradice avait de l'esprit, mais elle ne l'appliquait qu'à parvenir à satisfaire l'envie démesurée qu'elle avait de faire des miracles ; tout ce qui flattait cette passion devenait pour elle une vérité incontestable. Tels sont les faibles humains : la passion dominante dont chacun d'eux est affecté absorbe toujours toutes les autres ; ils n'agissent qu'en conséquence de cette passion ; elle les empêche d'apercevoir les plus claires qui devraient servir à la détruire.

Le Père Dirrag était né à Lôde. Lors de son aventure, il avait environ cinquante-trois ans ; son visage était tel que celui que nos peintres donnent aux satyres. Quoique excessivement laid, il avait quelque chose de spirituel dans la physionomie. La paillardise, l'impudicité étaient peintes dans ses yeux ; dans ses actions, il ne paraissait occupé que du salut des âmes et de la gloire de Dieu. Il avait beaucoup de talents pour la chaire ; ses exhortations, ses discours étaient pleins de douceur, d'onction. Il avait l'art de persuader. Né avec beaucoup d'esprit, il l'employait tout entier à acquérir la réputation de *convertisseur* ; et, en effet, un nombre considérable de femmes et de filles du monde ont embrassé le parti de la pénitence sous sa direction.

On voit que la ressemblance des caractères et des vues de ce Père et de M^lle Éradice suffisait pour les unir. Aussi, dès que le premier parut à Volnot, où sa réputation était déjà parvenue avant lui, Éradice se jeta, pour ainsi dire, dans ses bras. A peine se connurent-ils qu'ils se regardèrent mutuellement comme des sujets propres à augmenter leur gloire réciproque. Éradice était certainement d'abord dans la bonne foi ; mais Dirrag savait à quoi s'en tenir : l'aimable figure de sa nouvelle pénitente l'avait séduit, et il entrevit qu'il séduirait à son tour et tromperait facilement un cœur flexible, tendre, rempli de préjugés, un esprit qui recevait avec la docilité, la persuasion la plus entière, le ridicule des insinuations et des exhortations mystiques. De là il forma son plan, tel que je l'ai peint plus haut. Les premières branches de ce plan lui assuraient bien de l'amusement voluptueux, de la fustigation, et il y avait quelque temps que le bon Père en usait ainsi avec quelques autres de ses pénitentes : c'était, jusqu'alors, à quoi s'étaient bornés ses plaisirs libidineux avec elles ; mais la fermeté, le contour, la blancheur des fesses d'Éradice avaient tellement échauffé son imagination qu'il résolut de franchir le pas.

Les grands hommes percent à travers les plus grands obstacles : celui-ci imagina donc l'introduction d'un morceau de cordon de saint François, relique qui, par son intromission, devait chasser tout ce qui restait d'impur et de charnel dans sa pénitente, et la conduire à l'extase. C'est alors qu'il imagina les stigmates, imités de ceux de saint François. Il fit venir secrètement à Volnot une de ses anciennes pénitentes qui avait toute sa confiance, et qui remplissait ci-devant, avec connaissance de cause, les fonctions qu'il destinait intérieurement à Éradice.

Il trouvait celle-ci trop jeune et trop enthousiasmée de l'envie de faire des miracles pour aventurer de la rendre dépositaire de son secret.

La vieille pénitente arriva et fit bientôt connaissance de dévotion avec Éradice, à qui elle tâcha d'en insinuer une particulière pour saint François, son patron. On composa une eau qui devait opérer des plaies imitées des stigmates ; et le jeudi saint, sous le prétexte de la Cène, la vieille pénitente lava les pieds d'Éradice et y appliqua de cette eau, qui fit son effet.

Éradice confia, deux jours après, à la vieille qu'elle avait une blessure sur chaque pied.

« Quel bonheur ! Quelle gloire pour vous ! s'écria celle-ci. Saint François vous a communiqué ses stigmates. Dieu veut faire de vous la plus grande sainte. Voyons si, comme votre grand patron, votre côté ne serait pas stigmatisé. »

Elle porta de suite la main sous le téton gauche d'Éradice, où elle appliqua pareillement de son eau : le lendemain nouveau stigmate.

Éradice ne manqua pas de parler de ce miracle à son directeur, qui, craignant l'éclat, lui recommanda l'humilité et le secret. Ce fut inutilement ; la passion dominante de celle-ci étant la vanité de paraître sainte, sa joie perça ; elle fit des confidences ; ses stigmates firent du bruit, et toutes les pénitentes du Père voulurent être stigmatisées.

Dirrag sentit qu'il était nécessaire de soutenir sa réputation, mais en même temps de tâcher de faire une diversion qui empêchât les yeux du public de rester fixés sur la seule Éradice. Quelques autres pénitentes furent donc aussi stigmatisées par les mêmes moyens : tout réussit.

Éradice, cependant, se voua à saint François ; son directeur l'assura qu'il avait lui-même la plus grande confiance en son intercession ; il ajouta qu'il avait opéré nombre de miracles par les moyens d'un grand morceau du cordon de ce saint, qu'un Père de la société lui avait rapporté de Rome, et qu'il avait chassé, par la vertu de cette relique, le diable du corps de plusieurs démoniaques, en l'introduisant dans la bouche ou dans quelque autre conduit de la nature, suivant l'exigence des cas. Il lui montra enfin ce prétendu cordon, qui n'était autre chose qu'un assez gros morceau de corde, de 8 pouces de longueur, enduit d'un mastic qui le rendait dur et uni. Il était recouvert proprement d'un étui de velours cramoisi, qui lui servait de fourreau ; en un mot, c'était un de ces meubles de religieuse que l'on nomme *godemiché*. Sans doute que Dirrag tenait ce présent de quelque vieille abbesse, de qui il l'avait exigé. Quoi qu'il en soit, Éradice eut bien de la peine à obtenir la permission de baiser humblement cette relique, que le Père assurait ne pouvoir être touchée sans crime par des mains profanes.

Ce fut ainsi, mon cher comte, que le Père Dirrag conduisit par degrés sa nouvelle pénitente à souffrir, pendant plusieurs mois, ses impudiques embrassements, lorsqu'elle ne croyait jouir que d'un bonheur purement spirituel et céleste.

C'est d'elle que j'ai su toutes ces circonstances, quelque temps après le jugement de son procès. Elle me confia que ce fut un certain moine (qui a joué un grand rôle dans cette affaire) qui lui dessilla les yeux. Il était jeune, beau, bien fait, passionnément amoureux d'elle, ami de son père et de sa mère, chez qui ils mangeaient souvent ensemble. Il s'attira sa confiance ; il démasqua l'impudique Dirrag ; et je compris sensiblement, à travers tout ce qu'elle me dit, qu'elle se livra alors de bonne foi aux embrassements du luxurieux moine ; j'entrevis même que celui-ci n'avait pas démenti la réputation de son ordre, et, par une heureuse conformation comme par des leçons redoublées, il dédommagea amplement sa nouvelle prosélyte du sacrifice qu'elle lui fit des supercheries hebdomadaires de son vieux druide.

Dès qu'Éradice eut reconnu l'illusion du feint cordon de Dirrag par l'application aimable du membre naturel du moine, l'éloquence de cette démonstration lui fit sentir qu'elle avait été grossièrement dupée. Sa vanité se trouva blessée, et la vengeance la porta à tous les excès que vous avez connus, de concert avec le fier moine, qui, outre l'esprit de parti qui l'animait, était encore jaloux des faveurs que Dirrag avait surprises à son amante. Ses charmes étaient un bien qu'il croyait créé pour lui seul ; c'était un vol manifeste qu'il prétendait lui avoir été fait, dont il se flattait d'obtenir une punition exemplaire ; la grillade seule de son rival, qu'il méditait, pouvait assouvir son ressentiment et sa vengeance.

J'ai dit que, dès que le Père Dirrag fut sorti de la chambre de M<sup>lle</sup> Éradice, je me retirai chez moi. Dès que je fus rentrée dans ma chambre, je me prosternai à genoux pour demander à Dieu la grâce d'être traitée comme mon amie. Mon esprit était dans une agitation qui approchait de la fureur ; un feu intérieur me dévorait. Tantôt assise, tantôt debout, souvent à genoux, je ne trouvais aucune place qui pût me fixer. Je me jetai sur mon lit. L'entrée de ce membre rubicond dans la partie de M<sup>lle</sup> Éradice ne pouvait sortir de mon imagination, sans que j'y attachasse cependant aucune idée distincte de plaisir, et encore moins de crime. Je tombai, enfin, dans une rêverie profonde, pendant laquelle il me sembla que ce même membre, détaché de tout autre objet, faisait son entrée dans moi par la même voie.

Machinalement, je me plaçai dans la même attitude que celle où j'avais vu Éradice, et machinalement encore, dans l'agitation qui me faisait mouvoir, je me coulai sur le ventre jusqu'à la colonne du pied du lit, laquelle, se trouvant passée entre mes jambes et mes cuisses, m'arrêta et servit de point d'appui à la partie où je sentais une démangeaison inconcevable. Le coup qu'elle reçut par la colonne qui la fixa me causa une légère douleur, qui me tira de ma rêverie, sans diminuer l'excès de ma démangeaison. La position où j'étais exigeait que je levasse mon derrière pour tâcher d'en sortir ; de ce mouvement que je fis en remontant et coulant ma *moniche* le long de la colonne, il résulta un frottement qui me causa un chatouillement extraordinaire. Je fis un second mouvement, puis un troisième, etc., qui eurent une augmentation de succès : tout à coup j'entrai dans un redoublement de fureur ; sans quitter ma situation, sans faire aucune espèce de réflexion, je me mis à remuer le derrière avec une agilité incroyable, glissant toujours le long de la salutaire colonne. Bientôt un excès de plaisir me transporta, je perdis connaissance, je me pâmai et m'endormis d'un profond sommeil.

Au bout de deux heures je m'éveillai, toujours ma chère colonne entre mes cuisses, couchée sur mon ventre, mes fesses découvertes. Cette posture me surprit ; je ne me souvenais de ce qui s'était passé que comme on se rappelle le tableau d'un songe. Cependant, me trouvant plus tranquille, l'évacuation de la céleste rosée me laissant l'esprit plus libre, je fis quelques réflexions sur tout ce que j'avais vu chez Éradice et sur ce qui venait de se passer dans moi, sans en pouvoir tirer aucune conclusion raisonnable. La partie qui avait été frottée le long de la colonne, ainsi que l'intérieur du haut de mes cuisses qui l'avait embrassée, me faisait un mal cruel ; j'osai y regarder malgré les défenses qui m'avaient été faites par mon ancien directeur de couvent ; mais je n'osai me déterminer à y porter la main : cela m'avait été trop expressément interdit.

Comme je finissais cet examen, la servante de ma mère vint m'avertir que M^lle c… et M. l'abbé T… étaient au logis, où ils devaient dîner, et que ma mère m'ordonnait de descendre pour leur faire compagnie ; je les joignis.

Il y avait quelque temps que je n'avais vu M^lle C… Quoiqu'elle eût bien des bontés pour ma mère, à qui elle avait rendu de grands services, et qu'elle eût la réputation d'une femme très pieuse, son éloignement marqué pour les maximes du Père Dirrag, pour ses exhortations mystiques m'avaient fait cesser de la fréquenter, afin de ne pas déplaire à mon directeur : il n'était pas traitable sur l'article et ne voulait point que son troupeau se confondît avec celui des autres directeurs ses concurrents ; il craignait sans doute les confidences, les éclaircissements ; enfin, c'était une condition préalable, très recommandée par Sa Révérence et très exactement observée partout ce qui formait son troupeau.

Cependant, nous nous mîmes à table. Le dîner fut gai. Je me sentais beaucoup mieux que de coutume : ma langueur avait fait place à de la vivacité ; plus de maux de reins : je me trouvais tout autre. Contre l'ordinaire des repas de prêtres et de dévotes, on ne médit point de son prochain à celui-ci. L'abbé T...[2], qui a beaucoup d'esprit et encore plus d'acquis, nous fit mille petits contes, qui, sans intéresser la réputation de personne, portèrent la joie dans le cœur des convives.

Après avoir bu du Champagne et pris le café, ma mère me tira en particulier pour me faire de vifs reproches sur le peu d'attention que j'avais eu depuis quelque temps à cultiver l'amitié et les bonnes grâces de Mlle C...

« C'est une dame aimable, me dit-elle, à qui je dois le peu de considération dont je jouis dans cette ville ; sa vertu, son

---

2. L'abbé Terray peut-être, le héros des *Lauriers ecclésiastiques*, dont la lecture a délecté Thérèse ; elle l'avoue à la fin de son récit.

esprit, ses lumières la font estimer et respecter de toutes les personnes qui la connaissent ; nous avons besoin de son appui : je désire et je vous ordonne, ma fille, de contribuer de tous vos efforts à l'engager de nous conserver. »

Je répondis à ma mère qu'elle ne devait pas douter de ma soumission aveugle à ses volontés. Hélas ! La pauvre femme ne soupçonnait guère la nature des leçons que je devais recevoir de cette dame, qui jouissait en effet de la plus haute réputation.

Nous rejoignîmes, ma mère et moi, la compagnie. Un instant après je m'approchai de M$^{lle}$ C..., à qui je fis des excuses sur mon peu d'exactitude à lui rendre mes devoirs ; je la priai de me permettre de réparer cette faute ; j'essayai même d'entrer dans le détail des raisons qui me l'avaient fait commettre ; mais M$^{lle}$ C... m'interrompit sans me permettre d'achever.

« Je sais, me dit-elle avec bonté, tout ce que vous voulez me dire : n'entrons pas en matière sur des sujets qui ne sont point de notre ressort ; chacun croit avoir ses raisons : peut-être sont-elles toutes bonnes ; ce qui est certain, c'est que je vous verrai toujours avec grand plaisir, et pour commencer à vous en convaincre, ajouta-t-elle en élevant la voix, je vous emmène ce soir pour souper avec moi. Vous le voulez bien ? dit-elle à ma mère. A condition que vous soyez de la partie avec M. l'abbé : vous avez l'un et l'autre vos affaires, nous vous y laisserons vaquer. Pour moi, je vais me promener avec M$^{lle}$ Thérèse ; vous savez l'heure et le lieu du rendez-vous. »

Ma mère fut enchantée : les maximes du Père Dirrag n'étaient point du tout de son goût ; elle se flatta que les conseils de M^lle C… changeraient mes dispositions pour le quiétisme dont on le soupçonnait ; peut-être même agissaient-elles de concert. Quoi qu'il en soit, elles réussirent bientôt au delà de leurs espérances.

Nous sortîmes donc, M^lle C… et moi. Mais je n'eus pas fait cent pas que la douleur que je ressentais devint si vive que j'avais peine à me soutenir. Je faisais des contorsions horribles. M^lle C… s'en aperçut.

« Qu'avez-vous, me dit-elle, ma chère Thérèse ? Il semble que vous vous trouviez mal. »

J'eus beau dire que ce n'était rien, les femmes sont naturellement curieuses : elle me fit mille questions qui me jetèrent dans un embarras qui ne lui échappa point.

« Seriez-vous, me dit-elle, du nombre de nos fameuses stigmatisées ? Vos pieds ont peine à vous porter, et vous êtes toute décontenancée. Venez, mon enfant, dans mon jardin, où vous pourrez vous tranquilliser. »

Nous en étions peu éloignées. Dès que nous y fûmes rendues, nous nous assîmes dans un petit cabinet charmant qui est sur le bord de la mer.

Après quelques discours vagues, M^lle C… me demanda de nouveau si effectivement j'avais des stigmates et comment je me trouvais de la direction du Père Dirrag.

« Je ne puis vous cacher, ajouta-t-elle, que je suis si étonnée de ce genre de miracle que je désire ardemment de voir par moi-même s'il existe en effet : allons, ma chère petite, dit-elle, ne me cachez rien ; expliquez-moi de quelle manière et quand ces plaies ont paru ; vous devez être assurée que je n'abuserai pas de votre confiance, et je pense que vous me connaissez assez pour n'en pas douter. »

Si les femmes sont curieuses, les femmes aiment aussi à parler : j'avais un peu ce dernier défaut ; d'ailleurs, quelques verres de vin de Champagne m'avaient échauffé la tête : je souffrais beaucoup ; il n'en fallait pas tant pour me déterminer à tout dire. Je répondis d'abord tout naturellement à M$^{lle}$ C… que je n'avais pas le bonheur d'être du nombre de ces élues du Seigneur, mais que ce même matin j'avais vu les stigmates de M$^{lle}$ Éradice, et que le très révérend Père Dirrag les avait visités en ma présence. Nouvelles questions empressées de la part de M$^{lle}$ C…, qui, de fil en aiguille, de circonstances en circonstances, m'engagea insensiblement à lui rendre compte, non seulement de ce que j'avais vu chez Éradice, mais encore de ce qui m'était arrivé dans ma chambre, et des douleurs qui en résultaient.

Pendant tout ce narré singulier, M$^{lle}$ C… eut la prudence de ne pas témoigner la moindre surprise : elle louait tout pour m'engager à tout dire. Lorsque je me trouvais embarrassée sur les termes qui me manquaient pour expliquer les idées de ce que j'avais vu, elle exigeait de moi des descriptions dont la lasciveté devait beaucoup la réjouir dans la bouche d'une fille de mon âge et aussi simple que je l'étais. Jamais peut-être tant d'infamies n'ont été dites et ouïes avec autant de gravité.

Dès que j'eus fini de parler, M^{lle} C… parut plongée dans de sérieuses réflexions ; elle ne répondit que par monosyllabes à quelques questions que je lui posai. Revenue à elle-même, elle me dit que tout ce qu'elle venait d'entendre avait quelque chose de bien singulier, qui méritait beaucoup d'attention ; qu'en attendant qu'elle pût m'apprendre ce qu'elle en pensait et quel était le parti qu'il convenait que je prisse je devais d'abord songer à soulager la douleur que je ressentais, en bassinant avec du vin chaud les parties qui avaient été meurtries par le frottement de la colonne de mon lit.

« Gardez-vous bien, me dit-elle, ma chère enfant, de rien dire à votre mère, ni à qui que ce puisse être, et encore moins au Père Dirrag, de ce que vous venez de me confier. Il y a dans tout ceci du bien et du mal. Rendez-vous chez moi demain vers les neuf heures du matin, je vous en dirai davantage ; comptez sur mon amitié : l'excellence de votre cœur et de votre caractère vous l'a entièrement acquise. Je vois votre mère qui s'avance ; allons au-devant d'elle et parlons d'autre chose. »

M. l'abbé T… entra un quart d'heure après. On soupe de bonne heure en province ; il était alors sept heures et demie ; on servit, nous nous mîmes à table.

Pendant le souper, M^{lle} C… ne put s'empêcher de lâcher quelques traits satiriques sur le Père Dirrag ; l'abbé en parut surpris, il l'en blâma avec délicatesse.

« Pourquoi, poursuivit-il, ne pas laisser tenir à chacun la conduite qu'il lui convient, pourvu qu'elle n'ait rien de contraire à l'ordre établi ? Jusqu'à présent, nous ne voyons rien du Père Dirrag qui s'en éloigne ; permettez-moi donc, madame, de n'être pas de votre avis, jusqu'à ce que des événements justifient les idées que vous voulez me donner de ce Père. »

M$^{\text{lle}}$ C…, pour ne pas être obligée de répondre, changea adroitement le sujet de la conversation. On quitta la table vers les dix heures ; M$^{\text{lle}}$ C… dit quelques mots à l'oreille de M. l'abbé, qui sortit avec ma mère et moi, et nous reconduisit chez nous.

Comme il est juste, mon cher comte, que vous sachiez ce que c'est que M$^{\text{lle}}$ C… et M. l'abbé T…, je pense qu'il est temps de vous en donner une idée.

Madame C… est née demoiselle. Ses parents l'avaient contrainte d'épouser à quinze ans un vieil officier de marine qui en avait soixante. Celui-ci mourut cinq ans après son mariage et laissa M$^{\text{lle}}$ C… enceinte d'un garçon qui, en venant au monde, faillit faire perdre la vie à celle qui lui donnait le jour. Cet enfant mourut au bout de trois mois, et M$^{\text{lle}}$ C… se trouva, par cette mort, héritière d'un bien assez considérable. Veuve, jolie, maîtresse d'elle-même à l'âge de vingt ans, elle fut bientôt recherchée de tous les épouseurs de la province ; mais elle s'expliqua si positivement sur le dessein où elle était de ne jamais courir les risques dont elle était échappée comme miraculeusement, en mettant au monde son premier enfant, que même les plus empressés abandonnèrent la partie.

M^lle^ C... avait beaucoup d'esprit ; elle était ferme dans ses sentiments, qu'elle n'adoptait qu'après les avoir mûrement examinés. Elle lisait beaucoup et aimait à s'entretenir sur les matières les plus abstraites. Sa conduite était sans reproches. Amie essentielle, elle rendait service dès qu'elle le pouvait. Ma mère en avait d'utiles expériences. Elle avait alors vingt-six ans : j'aurai occasion, par suite, de vous faire le portrait de sa personne.

M. l'abbé T..., ami particulier et en même temps directeur de conscience de M^lle^ C..., était un homme d'un vrai mérite. Il était âgé de quarante-quatre à quarante-cinq ans : petit, mais bien fait, une physionomie ouverte, spirituelle, soigneux observateur des bienséances de son état, aimé et recherché de la bonne compagnie, dont il faisait les délices. A beaucoup d'esprit il joignait des connaissances étendues. Ses bonnes qualités, généralement reconnues, lui avaient fait obtenir le poste qu'il remplissait, et que je dois taire ici. Il était confesseur et l'ami des gens de mérite de l'un et de l'autre sexe, comme le Père Dirrag l'était des dévotes de profession, des enthousiastes, des quiétistes et des fanatiques.

Je retournai le lendemain matin chez M^lle^ C... à l'heure convenue.

— Eh bien ! Ma chère Thérèse, me dit-elle en entrant, comment vont vos pauvres petites parties affligées ? Avez-vous bien dormi ?

— Tout se porte mieux, madame, lui dis-je ; j'ai fait ce que vous m'avez prescrit. Tout a été bien bassiné, cela m'a soulagée ; mais j'espère au moins de n'avoir pas offensé Dieu.

M<sup>lle</sup> C… sourit, et après m'avoir fait prendre une tasse de café :

— Ce que vous m'avez confié hier, me dit-elle, est de plus grande conséquence que vous ne pensez. J'ai cru devoir en parler à M. T…, qui vous attend actuellement à son confessionnal. J'exige de vous que vous alliez le trouver et que vous lui répétiez mot à mot tout ce que vous m'avez dit. C'est un honnête homme et de bon conseil : vous en avez besoin. Je pense qu'il vous prescrira une nouvelle façon de vous conduire, qui est nécessaire à votre salut et à votre santé. Votre mère mourrait de chagrin si elle apprenait ce que je sais ; car je ne puis vous cacher qu'il y a des horreurs dans ce que vous avez vu chez M<sup>lle</sup> Éradice. Allez, Thérèse, partez et donnez une confiance entière à M. T… : vous n'aurez pas lieu de vous en repentir.

Je me mis à pleurer, et je sortis toute tremblante pour aller trouver M. T…, qui entra dans son confessionnal dès qu'il m'aperçut.

Je ne cachai rien à M. T… qui m'écouta attentivement jusqu'au bout, sans m'interrompre que pour me demander de certaines explications sur les détails qu'il ne comprenait pas.

« Vous venez, me dit-il, de m'apprendre des choses étonnantes : le Père Dirrag est un fourbe, un malheureux, qui se laisse emporter à la force de ses passions ; il marche à sa perte, et il entraînera celle de M<sup>lle</sup> Éradice ; néanmoins, mademoiselle, il faut les plaindre plutôt que de les blâmer. Nous ne sommes pas toujours maîtres de résister à la tentation ; le bonheur et le malheur de notre vie se décident souvent par les occasions. Soyez donc attentive à les éviter ; cessez de voir le Père Dirrag et toutes ses pénitentes, sans parler mal des uns ni des autres : la charité le veut ainsi. Fréquentez M$^{lle}$ C… ; elle a pris de l'amitié pour vous, elle ne vous donnera que de bons conseils et de bons exemples à suivre.

Parlons présentement, mon enfant, de ces chatouillements excessifs que vous sentez souvent dans cette partie qui a frotté à la colonne de votre lit ; ce sont des besoins de tempérament, aussi naturels que ceux de la faim et de la soif : il ne faut ni les rechercher ni les exciter ; mais dès que vous vous en sentirez vivement pressée, il n'y a nul inconvénient à vous servir de votre main, de votre doigt, pour soulager cette partie par le frottement qui lui est alors nécessaire. Je vous défends cependant expressément d'introduire votre doigt dans l'intérieur de l'ouverture qui s'y trouve ; il suffit, quant à présent, que vous sachiez que cela pourrait vous faire tort un jour dans l'esprit du mari que vous épouseriez. Au reste, comme ceci, je vous le répète, est un besoin que les lois immuables de la nature excitent en nous, c'est aussi des mains de la nature que nous tenons le remède que je vous indique pour soulager ce besoin.

Or, comme nous sommes assurés que la loi naturelle est d'institution divine, comment oserions-nous craindre d'offenser Dieu en soulageant nos besoins par des moyens qu'il a mis dans nous, qui sont son ouvrage, surtout lorsque ces moyens ne troublent point l'ordre établi dans la société ? Il n'en est pas de même, ma chère fille, de ce qui s'est passé entre le Père Dirrag et M<sup>lle</sup> Éradice : ce Père a trompé sa pénitente, il a risqué de la rendre mère en substituant à la place du feint cordon de saint François le membre naturel de l'homme, qui sert à la génération. Par là il a péché contre la loi naturelle, qui nous prescrit d'aimer notre prochain comme nous-mêmes. Est-ce aimer son prochain que de mettre, comme il l'a fait, M<sup>lle</sup> Éradice dans le hasard d'être perdue de réputation et déshonorée pour toute sa vie ?

L'introduction, ma chère enfant, et les mouvements que vous avez vus de ce membre du Père dans la partie naturelle de sa pénitente, qui est la mécanique de la fabrique du genre humain, n'est permise que dans l'état de mariage : dans celui de fille, cette action peut nuire à la tranquillité des familles et troubler l'intérêt public, qu'il faut toujours respecter. Ainsi, tant que vous ne serez pas liée par le sacrement du mariage, gardez-vous bien de souffrir d'aucun homme une pareille opération, en quelque sorte d'attitude que ce puisse être. Je vous ai indiqué un remède qui modère l'excès de vos désirs et qui tempère le feu qui les excite. Ce même remède contribuera bientôt au rétablissement de votre santé chancelante et vous rendra votre embonpoint. Votre figure aimable ne manquera pas de vous attirer des amants qui chercheront à vous séduire. Soyez bien sur vos gardes et ne perdez point de vue les leçons que je vous donne. C'en est assez pour aujourd'hui, ajouta ce sensé directeur ; vous me trouverez ici dans huit jours, à la même heure ; souvenez-vous au moins que tout ce qui se dit dans le tribunal de la pénitence doit être aussi sacré pour le pénitent que pour son confesseur, et que c'est un péché énorme d'en révéler la moindre circonstance à personne. »

Les préceptes de mon nouveau directeur avaient charmé mon âme ; j'y voyais un air de démonstration soutenue, un principe de charité qui me faisait sentir le ridicule de ce que j'avais ouï jusqu'alors.

Après avoir passé la journée à réfléchir, le soir, avant de me coucher, je me préparais à bassiner les parties meurtries : tranquille sur les regards et sur les attouchements, je me troussai ; et m'étant assise sur le bord de mon lit, j'écartai les cuisses de mon mieux et m'attachai à examiner attentivement cette partie qui nous fait femmes ; j'en entr'ouvrais les lèvres, et cherchant avec le doigt l'ouverture par laquelle le Père Dirrag avait pu enfiler Éradice avec un si gros instrument, je la découvris, sans pouvoir me persuader que ce fût elle : sa petitesse me tenait dans l'incertitude, et je tentais d'y introduire le doigt, lorsque je me souvins de la défense de M. T… Je le retirai avec promptitude, en remontant le long de la fente. Une petite éminence que j'y rencontrai me causa un tressaillement ; je m'y arrêtai, je frottai, et bientôt j'arrivai au comble du plaisir. Quelle heureuse découverte pour une fille qui avait dans elle une source abondante de la liqueur qui en est le principe !

Je nageai pendant six mois dans un torrent de volupté, sans qu'il m'arrivât rien qui mérite ici sa place.

Ma santé s'était entièrement rétablie ; ma conscience était tranquille, par les soins de mon nouveau directeur, qui me donna des conseils sages et combinés avec les passions humaines : je le voyais régulièrement tous les lundis, dans le confessionnal, et tous les jours chez M^{lle} C… Je ne quittais plus cette aimable femme : les ténèbres de mon esprit se dissipaient ; peu à peu je m'accoutumais à penser, à raisonner conséquemment. Plus de Père Dirrag pour moi, plus d'Éradice.

Que l'exemple et les préceptes sont de grands maîtres pour former le cœur et l'esprit ! S'il est vrai qu'ils ne nous donnent rien et que chacun ait en soi les germes de tout ce dont il est capable, il est certain du moins qu'ils servent à développer ces germes et à nous faire apercevoir les idées, les sentiments dont nous sommes susceptibles, et qui, sans l'exemple, sans les leçons, resteraient enfouis dans leurs entraves et dans leurs enveloppes.

Cependant, ma mère continuait son commerce en gros, qui réussissait mal ; on lui devait beaucoup, elle était à la veille d'essuyer une banqueroute de la part d'un négociant de Paris, capable de la ruiner. Après s'être consultée, elle se détermina à faire un voyage dans cette superbe ville. Cette tendre mère m'aimait trop pour me perdre de vue pendant un espace de temps qui pouvait être fort long ; il fut résolu que je l'accompagnerais. Hélas ! La pauvre femme ne prévoyait guère qu'elle y finirait ses tristes jours et que je retrouverais dans les bras de mon cher comte la source du bonheur des miens.

Il fut déterminé que nous partirions dans un mois, temps que j'allai passer avec M^lle^ C..., à sa maison de campagne, éloignée d'une petite lieue de la ville.

M. l'abbé T... y venait régulièrement tous les jours et y couchait, lorsque ses devoirs le lui permettaient. L'un et l'autre m'accablaient de caresses ; on ne craignait plus de tenir devant moi des propos assez libres, de parler, en matière de morale, de religion, de sujets de métaphysique, dans un goût bien différent des principes que j'avais reçus. Je m'apercevais que M^lle^ C... était contente de ma façon de penser et de raisonner, et qu'elle se faisait un plaisir de me conduire, de conséquence en conséquence, à des preuves claires et évidentes. Quelquefois seulement j'avais le chagrin de remarquer que l'abbé T... lui faisait signe de ne pas pousser ses raisonnements sur certaines matières. Cette découverte m'humilia ; je résolus de tout tenter pour être instruite de ce que l'on voulait me cacher. Je n'avais pas jusqu'alors formé le moindre soupçon sur la tendresse mutuelle qui les unissait. Bientôt je n'eus plus rien à désirer, comme vous allez l'entendre.

Vous verrez, mon cher comte, quelle est la source d'où j'ai puisé les principes de morale et de métaphysique que vous avez si bien cultivés et qui, en m'éclairant sur ce que nous sommes dans ce monde comme sur ce que nous avons à craindre de l'autre, assurent la tranquillité d'une vie dont vous faites tout le plaisir.

Nous étions alors dans les plus beaux jours de l'été ; M^lle C… se lovait ordinairement vers les cinq heures du matin pour aller se promener dans un petit bosquet au bout de son jardin. J'avais remarqué que l'abbé T… s'y rendait aussi lorsqu'il couchait à la campagne, qu'au bout d'une heure ou deux ils rentraient ensemble dans l'appartement où couchait M^lle C… et qu'ensuite l'un et l'autre ne paraissaient dans la maison que vers les huit à neuf heures.

Je résolus de les prévenir dans le bosquet et de m'y cacher de manière à pouvoir les entendre. Comme je n'avais pas l'ombre du soupçon de leurs amours, je ne prévoyais point du tout ce que je perdais en ne les voyant pas. Je fus donc reconnaître le terrain et m'assurer une place commode à mon projet.

Le soir, en soupant, la conversation tomba sur les opérations et les productions de la nature.

— Mais qu'est-ce donc que cette nature ? dit M^lle C… Est-ce un être particulier ? Tout ne serait-il pas produit par Dieu ? Serait-elle une divinité subalterne ?

— En vérité, vous n'êtes pas raisonnable de parler ainsi, répliqua vivement M. l'abbé T…, en lui faisant un clin d'œil. Je vous promets, dit-il, dans notre promenade, demain matin, de vous expliquer l'idée que l'on doit avoir de cette mère commune du genre humain : il est trop tard pour toucher cette matière. Ne voyez-vous pas qu'elle accablerait d'ennui M^lle Thérèse, qui tombe de sommeil ? Si vous voulez m'en croire l'une et l'autre, allons nous coucher ; je vais finir mes heures, et je suivrai de près votre exemple.

Le conseil de M. l'abbé fut rempli ; chacun se retira dans son appartement.

Le lendemain, dès la pointe du jour, j'allai me camper dans mon embuscade. Je me plaçai dans des broussailles qui étaient derrière une espèce de bosquet de charmille, orné de bancs de bois, peints en vert, et de quelques statues. Après une heure d'impatience, mes héros arrivèrent et s'assirent précisément sur le banc derrière lequel je m'étais gîtée.

— Oui, en vérité, disait l'abbé en entrant, elle devient tous les jours plus jolie ; ses tétons sont grossis au point de remplir fort bien la main d'un honnête ecclésiastique ; ses yeux ont une vivacité qui ne dément pas le feu de son tempérament, car elle en a un des plus forts, la petite friponne de Thérèse. Imagine-toi qu'en profitant de la permission que je lui ai donnée de se soulager avec le doigt elle le fait au moins une fois tous les jours. Avoue que je suis aussi bon médecin que docile confesseur ; je lui ai guéri le corps et l'esprit.

— Mais, abbé, reprit M<sup>lle</sup> C..., auras-tu bientôt fini avec ta Thérèse ? Sommes-nous venus ici pour nous entretenir uniquement de ses beaux yeux, de son tempérament ? Je soupçonne, monsieur l'égrillard, que vous auriez bien envie de lui éviter la peine qu'elle prend de s'appliquer elle-même votre recette. Au reste, tu sais que je suis bonne princesse, et j'y consentirais volontiers si je n'en prévoyais pas le danger pour toi. Thérèse a de l'esprit ; mais elle est trop jeune et n'a pas assez d'usage du monde pour oser s'y confier. Je remarque que sa curiosité est sans égale. Il y a de quoi faire par la suite un très bon sujet ; et sans les inconvénients dont je viens de parler, je n'hésiterais pas à te proposer de la mettre de tiers dans nos plaisirs ; car convenons qu'il y a bien de la folie à être jaloux ou envieux du bonheur de ses amis dès que leur félicité n'ôte rien à la nôtre.

— Vous avez bien raison, madame, dit l'abbé : ce sont deux passions qui tourmentent en pure perte tous ceux qui ne sont pas nés pour savoir penser. Il faut distinguer cependant l'envie de la jalousie. L'envie est une passion innée dans l'homme ; elle fait partie de son essence : les enfants au berceau sont envieux de ce qu'on donne à leurs semblables. Il n'y a que l'éducation qui puisse modérer les effets de cette passion que nous tenons des mains de la nature. Mais il n'en est pas de même de la jalousie, considérée par rapport aux plaisirs de l'amour. Cette passion est l'effet de notre amour-propre et du préjugé. Nous connaissons des nations entières où les hommes offrent à leurs convives la jouissance de leurs femmes, comme nous offrons aux nôtres le meilleur vin de notre cave. Un de ces insulaires caresse l'amant qui jouit des embrassements de sa femme : ses compatriotes l'applaudissent, le félicitent. Un Français, en même cas, fait la moue : chacun le montre au doigt et se moque de lui. Un Persan poignarde l'amant et la maîtresse : tout le monde applaudit à ce double assassinat.

Il est donc évident que la jalousie n'est pas une passion que nous tenions de la nature : c'est l'éducation, c'est le préjugé du pays qui la fait naître. Dès l'enfance, une fille, à Paris, lit, entend dire qu'il est humiliant d'essuyer une infidélité de son amant ; on assure à un jeune homme qu'une maîtresse, qu'une femme infidèle blesse l'amour-propre, déshonore l'amant ou l'ami. De ces principes, sucés pour ainsi dire avec le lait, naît la jalousie, ce monstre qui tourmente les humains en pure perte, pour un mal qui n'a rien de réel.

Distinguons néanmoins l'inconstance de l'infidélité. J'aime une femme dont je suis aimé : son caractère sympathise avec le mien ; sa figure, sa jouissance font mon bonheur ; elle me quitte : ici, la douleur n'est plus l'effet d'un préjugé, elle est raisonnable. Je perds un bien effectif, un plaisir d'habitude, que je ne suis pas certain de pouvoir réparer avec tous ses agréments ; mais une infidélité passagère qui n'est que l'ouvrage du plaisir, du tempérament, quelquefois celui de la reconnaissance ou d'un cœur tendre et sensible à la peine ou au plaisir d'autrui, quel inconvénient en résulterait-il ? En vérité, quoi qu'on en dise, il faut être peu sensé que de s'inquiéter de ce qu'on nomme à juste titre *un coup d'épée dans l'eau*, d'une chose qui ne nous fait ni bien ni mal.

— Oh ! je vous vois venir, dit M<sup>lle</sup> C... en interrompant l'abbé T... ; ceci m'annonce tout doucement que, par bon cœur, ou pour faire plaisir à Thérèse, vous seriez homme à lui donner une petite leçon de volupté, un petit clystère aimable qui, selon vous, ne me ferait ni bien ni mal. Va, mon cher abbé, continua-t-elle, j'y consens avec joie : je vous aime tous deux ; vous gagnerez l'un et l'autre par cette épreuve, à laquelle je ne perdrai rien. Pourquoi m'y opposerais-je ? Si je m'en inquiétais, tu conclurais avec raison que je n'aime que moi, que ma satisfaction particulière, qu'à l'augmenter aux dépens même de celle que tu peux goûter ailleurs ; et c'est ce qui n'est point : je sais faire mon bonheur indistinctement de tout ce qui peut contribuer à augmenter le tien. Ainsi tu peux, mon cher ami, sans crainte de me désobliger, houspiller de ton mieux la moniche de Thérèse : cela fera grand bien à cette pauvre fille ; mais je te le répète, prends garde à l'imprudence…

— Quelle folie ! reprit l'abbé ; je vous jure que je ne pense point à Thérèse. J'ai voulu simplement vous expliquer le mécanisme par lequel la nature…

— Eh bien ! n'en parlons plus, répliqua M$^{lle}$ C… Mais, à propos de *nature*, tu oublies, ce me semble, la promesse que tu m'avais faite de me définir ce que c'est que cette bonne mère. Voyons un peu comment tu te tireras de cette démonstration, car tu prétends que tu démontres tout.

— Tu le veux ? répondit l'abbé ; mais, ma petite mère, tu sais ce qu'il me faut auparavant ; je ne veux rien quand je n'ai pas fait la besogne qui affecte le plus vivement mon imagination. Les autres idées ne sont pas nettes et se trouvent toujours absorbées, confondues par celle-ci. Je t'ai déjà dit que, lorsqu'à Paris je m'occupais presque uniquement de la lecture et des sciences les plus abstraites, dès que je sentais l'aiguillon de la chair me tracasser, j'avais une petite fille *ad hoc*, comme on a un pot de chambre pour pisser, à qui je faisais une ou deux fois la grosse besogne, dont il vous plaît de ne vouloir pas tâter de ma façon. Alors, l'esprit tranquille, les idées nettes, je me remettais au travail, et je soutiens que tout homme de lettres, tout homme de cabinet qui a un peu de tempérament doit user de ce remède, aussi nécessaire à la santé du corps qu'à celle de l'esprit. Je dis plus : je prétends que tout honnête homme qui connaît les devoirs de la société devrait en faire usage, afin de s'assurer de n'être point excité trop vivement à s'écarter de ses devoirs en débauchant la femme ou la fille de ses amis ou de ses voisins.

Présentement, vous me demanderez, peut-être, madame, continua l'abbé, comment doivent donc faire les femmes et les filles ? Elles ont, dites-vous, leurs besoins comme les hommes ; elles sont de même pâte ; cependant elles ne peuvent pas se servir des mêmes ressources : le point d'honneur, la crainte d'un indiscret, d'un maladroit, d'un faiseur d'enfants ne leur permet pas d'avoir recours au même remède que les hommes. D'ailleurs, ajouterez-vous, où en trouver de ces hommes tout prêts, comme l'était votre petite fille, *ad hoc ?*

Eh bien ! madame, continua l'abbé T..., que les femmes et les filles fassent comme Thérèse et vous ; si ce jeu ne leur plaît pas assez (comme en effet il ne plaît pas à toutes), qu'elles se servent de ces ingénieux instruments nommés *godemichés* ; c'est une imitation assez naturelle de la réalité. Joignez à cela que l'on peut s'aider de l'imagination. Au bout du compte, je le répète, les hommes et les femmes ne doivent se procurer que les plaisirs qui ne peuvent pas troubler l'intérieur de la société établie. Les femmes ne doivent donc jouir que de ceux qui leur conviennent, eu égard aux devoirs que cet établissement leur impose. Vous aurez beau vous récrier à l'injustice ; ce que vous regardez comme injustice particulière assure le bien général, que personne ne doit tenter d'enfreindre.

— Oh ! je vous tiens, monsieur l'abbé, répliqua M<sup>lle</sup> C… ; vous venez me dire présentement qu'il ne faut pas qu'une femme, qu'une fille se laissent faire ce que vous savez par les hommes, ni qu'un honnête homme trouble l'intérêt public en cherchant à les séduire, tandis que vous-même, monsieur le paillard, m'avez tourmentée cent fois pour me mettre dans ce cas, et qu'il y a longtemps que ce serait une besogne faite, sans la crainte insurmontable que j'ai toujours eue de devenir grosse ; vous n'avez donc pas craint, pour satisfaire votre plaisir particulier, d'agir contre l'intérêt général que vous prônez si fort.

— Bon ! Nous y voilà encore, reprit l'abbé ; tu recommences donc toujours la même chanson, ma petite mère ? Ne t'ai-je pas dit qu'en agissant avec de certaines précautions on ne risque point cet inconvénient ? N'es-tu pas convenue avec moi que les femmes n'ont que trois choses à redouter : la peur du diable, la réputation et la grossesse ? Tu es très apaisée, je pense, sur le premier article ; je ne crois pas que tu craignes de ma part l'indiscrétion ni l'imprudence, qui seules peuvent ternir la réputation ; enfin, on ne devient mère que par l'étourderie de son amant. Or, je t'ai déjà montré, plus d'une fois, par l'explication du mécanisme de la fabrique des hommes, que rien n'était plus facile à éviter ; répétons donc encore ce que nous avons dit à ce sujet.

L'amant, par la réflexion ou par la vue de sa maîtresse, se trouve dans l'état qui est nécessaire à l'acte de la génération ; le sang, les esprits, le nerf érecteur, ont enflé et roidi son dard ; tous deux d'accord, ils se mettent en posture ; la flèche de l'amant est poussée dans le carquois de sa maîtresse ; les semences se préparent par le frottement réciproque des parties. L'excès du plaisir les transporte ; déjà l'élixir divin est prêt à couler ; alors, l'amant sage, maître de ses passions, retire l'oiseau de son nid, et sa main, ou celle de sa maîtresse, achève, par quelques légers mouvements, de provoquer l'éjaculation au dehors. Point d'enfants à craindre dans ce cas. L'amant étourdi et brutal pousse au contraire jusqu'au fond du vagin : il y répand sa semence ; elle pénètre dans la matrice, et de là dans ses trompes, où se forme la génération.

Voilà, madame, continua M. T…, puisque vous avez voulu que je le répétasse encore, quel est le mécanisme des plaisirs de l'amour. Me connaissant tel que je suis, pouvez-vous me croire du nombre de ces derniers imprudents ? Non, ma chère amie, j'ai fait cent fois l'expérience du contraire. Laisse-moi, je te conjure, la renouveler aujourd'hui avec toi ; regarde dans quel état de triomphe est mon drôle : tu le tiens.

— Oui !

— Serre-le bien dans ta main ; tu vois qu'il te demande grâce, et je…

— Non pas, s'il vous plaît, mon cher abbé, répliqua à l'instant M<sup>lle</sup> C… ; il n'en sera rien, je vous jure ; tout ce que vous m'avez dit ne peut me tranquilliser sur mes craintes, et je vous procurerais un plaisir que je ne pourrais pas goûter : cela n'est pas juste. Laissez-moi donc faire ; je vais mettre ce petit effronté à la raison. Eh bien ! poursuivit-elle, es-tu content de mes tétons et de mes cuisses ? Les as-tu assez baisés, assez maniés ? Pourquoi trousser ainsi mes manchettes au-dessus du coude ? Monsieur aime sans doute à voir les mouvements d'un bras nu ? Fais-je bien ? Tu ne dis mot ! Ah ! Le coquin ! Qu'il a de plaisir !

Il se fit un instant de silence. Puis tout à coup j'entendis l'abbé qui s'écria :

— Ma chère maman, je n'en puis plus : un peu plus vite ; donne-moi donc la petite langue, je t'en prie. Ah ! Il cou…le !

Jugez, mon cher comte, de l'état où j'étais pendant cette édifiante conversation. J'essayai vingt fois de me lever pour tâcher de trouver quelque ouverture par où je puisse découvrir les objets, mais le bruit des feuilles me retint toujours. J'étais assise ; je m'allongeai de mon mieux ; et pour éteindre le feu qui me dévorait, j'eus recours à mon petit exercice ordinaire.

Après quelques moments, qui furent employés sans doute à réparer le désordre de M. l'abbé :

— En vérité, dit-il, toute réflexion faite, je crois, ma bonne amie, que vous avez eu raison de me refuser la jouissance que je vous demandais : j'ai senti un plaisir si vif, un chatouillement si puissant, que je pense que tout eût coulé à travers choux, si vous m'eussiez laissé faire. Il faut avouer que nous sommes des animaux bien faibles et bien peu maîtres de diriger nos volontés.

— Je sais tout cela, mon pauvre abbé, reprit M$^{\text{lle}}$ C… ; tu ne m'apprends rien de nouveau ; mais, dis-moi, est-il bien vrai que dans le genre de plaisirs que nous goûtons nous ne péchons pas contre l'intérêt de la société ? Et cet amant sage dont tu approuves la prudence, qui retire l'oiseau de son nid et qui répand le baume de vie au dehors, ne fait-il pas également un crime, car il faut convenir que, les uns et les autres, nous supprimons à la société un citoyen qui pourrait lui devenir utile.

— Ce raisonnement, répliqua l'abbé, paraît d'abord spécieux, mais vous allez voir, ma belle dame, qu'il n'a cependant que l'écorce. Nous n'avons aucune loi humaine ni divine qui nous invite, et encore moins qui nous contraigne de travailler à la multiplication du genre humain. Toutes ces lois permettent le célibat aux garçons et aux filles, à une foule de moines fainéants et de religieuses inutiles ; elles permettent à l'homme marié d'habiter avec sa femme grosse, quoique les semences alors répandues soient sans espérance de fruit. L'état de virginité est même réputé préférable à celui du mariage.

Or, ces faits posés, n'est-il pas certain que l'homme qui triche et ceux qui, comme nous, jouissent des plaisirs de la petite oie ne font rien de plus que ces moines, que ces religieuses, que tout ce qui vit dans le célibat ? Ceux-ci conservent dans leurs reins, en pure perte, une semence que les premiers répandent en pure perte : ne sont-ils donc pas, les uns et les autres, précisément dans un cas égal, eu égard à la société ? Ils ne lui donnent tous aucun citoyen ; mais la saine raison ne nous dicte-t-elle pas qu'il vaut mieux encore que nous jouissions d'un plaisir qui ne fait tort à personne, en répandant inutilement cette semence, que de la conserver dans nos vaisseaux spermatiques, non seulement avec la même inutilité, mais encore toujours aux dépens de notre santé et souvent de notre vie. Ainsi vous voyez, madame la raisonneuse, ajouta l'abbé, que nos plaisirs ne font pas plus de tort à la société que le célibat approuvé des moines, des religieuses, etc. ; que nous pouvons aller notre petit train.

Sans doute qu'en suite de ses réflexions l'abbé se mit en devoir de rendre service à M<sup>lle</sup> C..., car j'entendis, un instant après, que celle-ci lui disait :

— Ah ! finis, vilain abbé, retire ton doigt ; je ne suis pas en train aujourd'hui, je me ressens encore de nos folies d'hier ; remettons celle-ci à demain ; d'ailleurs, tu sais que j'aime à être à mon aise, bien étendue sur mon lit : ce banc n'est point commode ; finis, encore un coup, je ne veux de toi, présentement, que la définition que tu m'as promise sur dame Nature ; vous voilà tranquille, monsieur le philosophe ; parlez, je vous écoute.

— Sur dame Nature ? reprit l'abbé. Ma foi ! Vous en saurez bientôt autant que moi. C'est un être imaginaire, c'est un mot vide de sens. Les premiers chefs des religions, les premiers politiques, embarrassés sur l'idée qu'ils devaient donner au public du bien et du mal moral, ont imaginé un être entre Dieu et nous, qu'ils ont rendu auteur de nos passions, de nos maladies, de nos crimes. Comment, en effet, sans ce secours, eussent-ils concilié leur système avec la bonté infinie de Dieu ? D'où eussent-ils dit que nous venaient ces envies de voler, de calomnier, de violer, d'assassiner ? Pourquoi tant de maladies, tant d'infirmités ? Qu'avait fait à Dieu ce malheureux cul-de-jatte, né pour ramper sur la terre pendant toute sa vie ?

Un théologien nous dit à cela : *Ce sont les effets de la nature.* Mais, qu'est-ce que c'est que cette nature ? Est-ce un autre Dieu que nous ne connaissons pas ? Agit-elle par elle-même et indépendamment de la volonté de Dieu ? Non, dit encore sèchement le théologien. Comme Dieu ne peut pas être l'auteur du mal, le mal ne peut exister que par le moyen de la nature. Quelle absurdité ! Est-ce du bâton qui me frappe dont je dois me plaindre ? N'est-ce pas de celui qui a dirigé le coup ? N'est-ce pas lui qui est l'auteur du mal que je ressens ?

Pourquoi ne pas convenir, une bonne fois, que la nature est un être de raison, un mot vide de sens ; que tout est Dieu ; que le mal physique qui nuit aux uns sert au bonheur des autres ; que tout est bien ; qu'il n'y a rien de mal dans le monde eu égard à la divinité ; que tout ce qui s'appelle *bien* ou *mal* moral n'est que relatif à l'intérêt des sociétés établies par les hommes, mais relatif à Dieu, par la volonté duquel nous agissons nécessairement d'après les premiers principes du mouvement qu'il a établi dans tout ce qui existe ? Un homme vole, il fait du bien par rapport à lui ; du mal, par son infraction à l'établissement de la société, mais rien par rapport à Dieu. Cependant je conviens que cet homme doit être puni, quoiqu'il ait agi nécessairement, quoique je sois convaincu qu'il n'a pas été libre de commettre ou de ne pas commettre son crime ; mais il doit l'être, parce que la punition d'un homme qui trouble l'ordre établi fait mécaniquement, par la voie des sens, des impressions sur l'âme, qui empêchent les méchants de risquer ce qui pourrait leur faire mériter la même punition, et que la peine que subit ce malheureux pour son infraction doit contribuer au bonheur général, qui est préférable dans ce cas au bien particulier.

J'ajoute encore que l'on ne peut même trop noter d'infamie les parents, les amis et tous ceux qui ont des habitudes avec un criminel, pour engager, par ce trait de politique, tous les humains à s'inspirer mutuellement entre eux de l'horreur pour les actions et pour les crimes qui peuvent troubler la tranquillité publique, tranquillité que notre disposition naturelle, que nos besoins, que notre bien-être particulier nous portent sans cesse à enfreindre ; disposition, enfin, qui ne peut être absorbée dans l'homme que par l'éducation, qu'au moyen des impressions qu'il reçoit dans l'âme par la voie des autres hommes qu'il fréquente ou qu'il voit habituellement, soit par le bon exemple, soit par les discours ; en un mot, par les sensations externes qui, jointes aux dispositions intérieures, dirigent toutes les actions de notre vie. Il faut donc aiguillonner, il faut nécessiter les hommes à s'exciter entre eux à ces sensations utiles au bonheur général.

Je crois, madame, ajouta l'abbé, que vous sentez présentement ce que l'on doit entendre par le mot de *nature*. Je me propose de vous entretenir demain matin de l'idée que l'on doit avoir des religions. C'est une matière importante à notre bonheur ; mais il est trop tard pour l'entamer aujourd'hui. Je sens que j'ai besoin d'aller prendre mon chocolat.

— Je le veux, dit M^lle C… en se levant : M. le philosophe a sans doute besoin d'une réparation physique, pour les pertes libidineuses que je lui ai fait faire ; cela est bien juste, continua-t-elle ; vous avez fait et vous avez dit des choses admirables : rien de mieux que vos observations sur la nature ; mais trouvez bon que je doute fort que vous puissiez me faire voir aussi clair sur le chapitre des religions, que vous avez touché diverses fois avec beaucoup moins de succès. Comment donner, en effet, des démonstrations dans une matière aussi abstraite et où tout est article de foi ?

— C'est ce que nous verrons demain, répondit l'abbé.

— Oh ! Ne comptez pas en être quitte demain pour des raisonnements, répliqua M<sup>lle</sup> C... : nous rentrerons, s'il vous plaît, de bonne heure dans ma chambre, où j'aurai besoin de vous et de mon lit de repos.

Quelques instants après, ils prirent l'un et l'autre le chemin de la maison ; je les y suivis par une allée couverte. Je ne restai qu'un moment dans ma chambre pour y changer de robe, et je me rendis de suite dans l'appartement de M<sup>lle</sup> C..., où je craignais que l'abbé n'entamât encore l'article des religions, que je voulais absolument entendre. Celui de la nature m'avait frappée : je voyais clairement que Dieu et la nature n'agissaient que par la volonté immédiate de Dieu. De là je tirai mes petites conséquences et je commençai peut-être à penser pour la première fois de ma vie.

Je tremblais en entrant dans l'appartement de M<sup>lle</sup> C... ; il me sembla qu'elle devait s'apercevoir de l'espèce de perfidie que je venais de lui faire et des diverses réflexions dont j'étais agitée. L'abbé T... me regardait attentivement : je me crus perdue ; mais bientôt je l'entendis qui disait à demi bas à M<sup>lle</sup> C... :

« Voyez si Thérèse n'est pas jolie ! Elle a des couleurs charmantes ; ses yeux sont perçants, et sa physionomie devient
tous les jours plus spirituelle. »

Je ne sais ce que M<sup>lle</sup> C… lui répondit ; ils souriaient l'un et
l'autre. Je fis semblant de n'avoir rien entendu, et j'eus grand
soin de ne pas les quitter de toute la journée.

En rentrant le soir dans ma chambre, je formai mon plan
pour le lendemain matin. La crainte où j'étais de ne pas
m'éveiller d'assez bonne heure fut cause que je ne dormis
point. Vers les cinq heures du matin, je vis M<sup>lle</sup> C… gagner le
bosquet, où M. T… l'attendait déjà. Suivant ce que j'avais ouï
la veille, elle devait bientôt rentrer dans sa chambre à coucher,
où était le lit de repos dont elle avait parlé. Je n'hésitai pas à
m'y couler et à me cacher dans la ruelle de son lit, où je m'assis
sur le plancher, le dos appuyé contre le mur, à côté du chevet.
J'avais le rideau du lit devant moi, que je pouvais entr'ouvrir au
besoin, pour avoir en entier le spectacle du petit lit, qui était
dans le coin opposé de la chambre, où l'on ne pouvait pas dire
un mot sans que je l'entendisse.

Ainsi posée, l'impatience commençait à me faire appréhender d'avoir manqué mon coup, lorsque mes deux acteurs
rentrèrent.

— Baise-moi comme il faut, mon cher ami, disait M<sup>lle</sup> C…
en se laissant tomber sur son lit de repos. La lecture de ton
vilain *Portier des Chartreux* m'a mise toute en feu ; ses portraits
sont frappants ; ils ont un air de vérité qui charme ; s'il était

moins ordurier, ce serait un livre inimitable dans son genre. Mets-le-moi aujourd'hui, abbé, je t'en conjure, ajouta-t-elle ; j'en meurs d'envie, et je consens à en risquer l'événement.

— Non pas moi, reprit l'abbé, pour deux bonnes raisons : la première, c'est que je vous aime, et que je suis trop honnête homme pour risquer votre réputation et vos justes reproches par cette imprudence ; la seconde, c'est que M. le docteur n'est pas aujourd'hui, comme vous voyez, dans son brillant ; je ne suis pas Gascon, et...

— Je le vois à merveille, reprit M<sup>lle</sup> C... ; cette dernière raison est si énergique que vous eussiez pu, en vérité, vous dispenser de vous faire un mérite de la première. Çà, mets-toi du moins à côté de moi, ajouta-t-elle en s'étendant lascivement sur le lit, et chantons, comme tu dis, le petit office.

— Ah ! De tout mon cœur, ma chère maman, reprit l'abbé T..., qui était alors debout, découvrant méthodiquement la gorge de M<sup>lle</sup> C... Ensuite il troussa sa robe et sa chemise jusqu'au-dessus du nombril, puis il lui ouvrit les cuisses en élevant tant soit peu ses genoux, de manière que ses talons, qui se rapprochaient quelque peu de ses fesses, étaient joints l'un à l'autre appuyés sur les pieds du lit.

Dans cette attitude, en partie cachée pour moi par l'abbé, qui baisait alternativement toutes les parties du corps de sa chère maîtresse, M<sup>lle</sup> C... paraissait immobile, recueillie, méditant sur la nature des plaisirs dont elle sentait déjà les prémices. Ses yeux étaient à moitié fermés ; la pointe de sa langue se montrait sur le bord de ses lèvres vermeilles, et tous les muscles de son visage étaient dans une agitation voluptueuse.

« Finis donc tes baisers, dit-elle à l'abbé T… ; ne vois-tu pas que je t'attends ? Je n'en puis plus. »

Le complaisant directeur ne se fit pas répéter deux fois ce qu'on exigeait de lui. Il se glissa sur le pied du lit entre M$^{\text{lle}}$ C… et la muraille, sa main gauche fut passée sous la tête de la tendre C…, qu'il pressait, la baisant bouche à bouche avec de petits mouvements de langue des plus voluptueux. Son autre main fut occupée à l'action principale : elle caressait artistement, frottant cette partie qui distingue notre sexe, et que M$^{\text{lle}}$ C… a très abondamment garnie d'un poil frisé et du plus beau noir. Le doigt de l'abbé jouait ici le rôle le plus intéressant.

Jamais tableau ne fut placé dans un jour plus avantageux, eu égard à ma position. Le lit de repos était disposé de façon que j'avais pour point de vue la toison de M$^{\text{lle}}$ C… Au-dessous se montraient en partie ses deux fesses, agitées d'un mouvement léger de bas en haut, qui annonçaient la fermentation intérieure, et ses cuisses, les plus belles, les plus rondes, les plus blanches qui se puissent imaginer, faisaient avec ses genoux un autre petit mouvement, de droite et de gauche, qui contribuait sans doute aussi à la joie de la partie principale que l'on fêtait, et dont le doigt de l'abbé, perdu dans la toison, suivait tous les mouvements.

J'entreprendrais inutilement, mon cher comte, de vous dire ce que je pensais alors : je ne sentais rien pour trop sentir. Je devins machinalement le singe de ce que je voyais ; ma main faisait l'office de celle de l'abbé ; j'imitais tous les mouvements de mon amie.

« Ah ! Je me meurs ! s'écria-t-elle tout à coup ; enfonce-le, mon cher abbé ; oui… bien avant… je t'en conjure ; pousse fort, pousse, mon petit… Ah ! Quel plaisir !… je fonds !… je… me… pâ…me… ! »

Toujours parfaite imitatrice de ce que je voyais, sans réfléchir un instant à la défense de mon directeur, j'enfonçai mon doigt à mon tour ; une légère douleur que je ressentis ne m'arrêta pas, et je parvins au comble de la volupté.

La tranquillité avait succédé aux emportements amoureux, et je m'étais comme assoupie malgré ma situation gênante, lorsque j'entendis M$^{lle}$ C… s'approcher du lieu où j'étais cachée : je me crus découverte, mais j'en fus quitte pour la peur. Elle tira le cordon de sa sonnette et demanda du chocolat, que l'on prit en faisant l'apologie des plaisirs que l'on venait de goûter.

— Pourquoi ne sont-ils pas entièrement innocents ? dit M$^{lle}$ C…, car vous avez beau dire qu'ils ne blessent point l'intérêt de la société, que nous y sommes portés par un besoin aussi naturel à certains tempéraments, aussi nécessaire à soulager que le sont les besoins de la faim et de la soif ; vous m'avez très bien démontré que nous n'agissons que par la volonté de Dieu, que la nature n'est qu'un mot vide de sens et n'est que l'effet dont Dieu est la cause ; mais la religion, qu'en direz-vous ?

Elle nous défend les plaisirs de concupiscence hors l'état de mariage. Est-ce encore là un mot vide de sens ?

— Quoi ! Madame, répondit l'abbé, vous ne vous souvenez donc pas que nous ne sommes point libres ? Comment pouvons-nous pécher ? Mais entrons, puisque vous le voulez, sérieusement en matière sur le chapitre des religions. Votre discrétion, votre prudence me sont connues, et je crains d'autant moins de m'expliquer que je proteste devant Dieu de la bonne foi avec laquelle j'ai cherché à démêler la vérité de l'illusion. Voici le résumé de mes travaux et de mes réflexions en cette importante matière :

Dieu est bon, dis-je, sa bonté m'assure que si je cherche avec ardeur à connaître s'il est un culte véritable qu'il exige de moi, il ne me trompera pas ; je parviendrai à connaître évidemment ce culte, autrement Dieu serait injuste ; il m'a donné la raison pour m'en servir, pour me guider : à quoi puis-je mieux l'employer ?

Si un chrétien de bonne foi ne veut pas examiner sa religion, pourquoi voudra-t-il (ainsi qu'il l'exige) qu'un mahométan de bonne foi examine la sienne ? Ils croient, l'un et l'autre, que leur religion leur a été révélée de la part de Dieu, l'une par Jésus-Christ, l'autre par Mahomet.

La foi ne nous vient que parce que des hommes nous ont dit que Dieu a révélé de certaines vérités. Mais d'autres hommes en ont dit de même aux sectaires des autres religions ; lesquels croire ? Pour le savoir, il faut donc examiner, car tout ce qui vient des hommes doit être soumis à notre raison.

Tous les auteurs des diverses religions répandues sur la terre se sont vantés que Dieu les leur avait révélées ; lesquels croire ? Examinons quelle est la véritable ; mais, comme tout est préjugé de l'enfance et de l'éducation, pour juger sainement, il faut commencer par faire un sacrifice à Dieu de tout préjugé et examiner ensuite avec le flambeau de la raison une chose de laquelle dépend notre bonheur ou notre malheur, pendant notre vie et pendant l'éternité.

J'observe d'abord qu'il y a quatre parties dans le monde ; que la vingtième partie, au plus, d'une de ces quatre parties est catholique ; que tous les habitants des autres parties disent que nous adorons un homme, du pain ; que nous multiplions la divinité ; que presque tous les Pères se sont contredits dans leurs écrits : ce qui prouve qu'ils n'étaient pas inspirés de Dieu.

Tous les changements de religion, depuis Adam, faits par Moïse, par Salomon, par Jésus-Christ et ensuite par les Pères, démontrent que toutes ces religions ne sont que l'ouvrage des hommes. Dieu ne varie jamais, il est immuable.

Dieu est partout : cependant l'Ecriture sainte dit que Dieu chercha Adam dans le paradis terrestre ; *Adam, ubi es ?* Que Dieu s'y promena, qu'il s'entretint avec le diable au sujet de Job.

La raison me dit que Dieu n'est sujet à aucune passion ; cependant, dans la *Genèse*, chapitre vi, on y fait dire à Dieu qu'il se repent d'avoir créé l'homme ; que sa colère n'a pas été inefficace. Dieu paraît si faible dans la religion chrétienne qu'il ne peut réduire l'homme au point où il le voudrait : il le punit par l'eau, ensuite par le feu ; l'homme est toujours le même : il envoie des prophètes, les hommes sont encore les mêmes ; il n'a qu'un fils unique, il l'envoie, il le sacrifie ; cependant les hommes ne changent en rien : que de ridicules la religion chrétienne donne à Dieu !

Chacun convient que Dieu sait ce qui doit arriver pendant l'éternité ; mais Dieu, dit-on, ne connaît ce qui doit résulter de nos actions qu'après avoir prévu que nous abuserions de ses grâces et que nous commettrions ces mêmes actions ; il résulte néanmoins de cette connaissance que Dieu, en nous faisant naître, savait déjà que nous serions infailliblement damnés et éternellement malheureux.

On voit, dans l'Ecriture sainte, que Dieu a envoyé des prophètes pour avertir les hommes et les engager à changer de conduite. Or Dieu, qui sait tout, n'ignorait pas que les hommes ne changeraient point de conduite. Donc l'Ecriture sainte suppose que Dieu est un trompeur. Ces idées peuvent-elles s'accorder avec la certitude que nous avons de la bonté infinie de Dieu ?

On suppose à Dieu, qui est tout-puissant, un rival dangereux dans le diable, qui lui enlève sans cesse, malgré lui, les trois quarts du petit nombre des hommes qu'il a choisis, pour lesquels son fils s'est sacrifié, sans s'embarrasser du reste du genre humain. Quelles pitoyables absurdités !

Suivant la religion chrétienne, nous ne péchons que par la tentation ; c'est le diable, dit-on, qui nous tente. Dieu n'avait qu'à anéantir le diable : nous serions tous sauvés ; il y a bien de l'injustice ou de l'impuissance de sa part.

Une assez grande partie des ministres de la religion catholique prétend que Dieu nous donne des commandements, mais soutient qu'on ne saurait les accomplir sans la grâce que Dieu donne à qui lui plaît ; et que cependant Dieu punit ceux qui ne les observent pas ! Quelle contradiction ! Quelle impiété monstrueuse !

Y a-t-il rien de si misérable que de dire que Dieu est vindicatif, jaloux, colère ; de voir que les catholiques adressent leurs prières aux saints ; comme si ces saints étaient partout, ainsi que Dieu ; comme si ces saints pouvaient lire dans le cœur des hommes et les entendre ?

Quelle ridiculité de dire que nous devons tout faire pour la plus grande gloire de Dieu ? Est-ce que la gloire de Dieu peut être augmentée par l'imagination, par les actions des hommes ? Peuvent-ils augmenter quelque chose en lui ? Ne se suffit-il pas à lui-même ?

Comment des hommes ont-ils pu s'imaginer que la divinité se trouvait plus honorée, plus satisfaite de leur voir manger un hareng qu'une mauviette ; une soupe à l'oignon qu'une soupe au lard ; une sole qu'une perdrix, et que cette même divinité les damnerait éternellement si, dans certains jours, ils donnaient la préférence à la soupe au lard !

Faibles mortels ! Vous croyez pouvoir offenser Dieu !
Pourriez-vous seulement offenser un roi, un prince, qui seraient raisonnables ? Ils mépriseraient votre faiblesse et votre
impuissance. On vous annonce un Dieu vengeur, et on vous
dit que la vengeance est un crime. Quelle contradiction ! On
vous assure que pardonner une offense est une vertu, et on
ose vous dire que Dieu se venge d'une offense involontaire[3]
par une éternité de supplices !

S'il y a un Dieu, dit-on, il y a un culte. Cependant, avant
la création du monde, il faut convenir qu'il y avait un Dieu et
point de culte. D'ailleurs, depuis la création, il y a des bêtes qui
ne rendent aucun culte à Dieu. S'il n'y avait point d'hommes,
il y aurait toujours un Dieu, des créatures et point de culte. La
manie des hommes est de juger les actions de Dieu par celles
qui leur sont propres.

La religion chrétienne donne une fausse idée de Dieu ; car
la justice humaine, selon elle, est une émanation de la justice
divine. Or nous ne pourrions, suivant la justice humaine, que
blâmer les actions de Dieu envers son fils, envers Adam, envers les peuples à qui on n'a jamais prêché, envers les enfants
qui meurent avant le baptême.

Suivant la religion chrétienne, il faut tendre à la plus grande
perfection. L'état de virginité, suivant elle, est plus parfait que
celui du mariage : or il est évident que la perfection de la religion chrétienne tend à la destruction du genre humain. Si les

---

3. Le péché originel.

efforts, les discours des prêtres réussissaient, dans soixante ou quatre-vingts ans le genre humain serait détruit. Cette religion peut-elle être de Dieu ?

Est-il rien de si absurde que de faire prier Dieu pour soi par des prêtres, par des moines, par d'autres personnes ? On juge de Dieu comme on juge des rois.

Quel excès de folie de croire que Dieu nous a fait naître pour que nous ne fassions que ce qui est contre nature, que ce qui peut nous rendre malheureux dans ce monde, en exigeant que nous nous refusions tout ce qui satisfait les sens, les appétits qu'il nous a donnés ! Que pourrait faire de plus un tyran acharné à nous persécuter depuis l'instant de notre naissance jusqu'à celui de notre mort ?

Pour être parfait chrétien, il faut être ignorant, croire aveuglément, renoncer à tous les plaisirs, aux honneurs, aux richesses, abandonner ses parents, ses amis, garder sa virginité ; en un mot, faire tout ce qui est contre nature. Cependant cette nature n'opère sûrement que par la volonté de Dieu. Quelle contrariété la religion suppose dans un être infiniment juste et bon !

Puisque Dieu est le créateur et le maître de toutes choses, nous devons les employer toutes à l'usage pour lequel il les a faites et nous en servir suivant la fin qu'il s'est proposée en les créant ; autant que par raison, par les sentiments intérieurs qu'il nous a donnés, nous pouvons connaître son dessein et son but et les concilier avec l'intérêt de la société établie parmi les hommes, dans les pays que nous habitons.

L'homme n'est pas fait pour être oisif : il faut qu'il s'occupe à quelque chose qui ait pour but son avantage particulier concilié avec le bien général. Dieu n'a pas voulu seulement le bonheur de quelques particuliers ; il veut le bonheur de tous. Nous devons donc nous rendre mutuellement tous les services possibles, pourvu que ces services ne détruisent pas quelques branches de la société établie : c'est ce dernier point qui doit diriger nos actions. En nous conservant dans ce que nous faisons, dans notre état, nous remplissons tous nos devoirs ; le reste n'est que chimère, qu'illusion, que préjugé.

Toutes les religions, sans en excepter aucune, sont les ouvrages des hommes ; il n'y en a point qui n'ait eu ses martyrs, ses prétendus miracles. Que prouvent de plus les nôtres que ceux des autres religions ?

Les religions ont d'abord été établies par la crainte : le tonnerre, les orages, les vents, la grêle détruisaient les fruits, les grains qui nourrissaient les premiers hommes répandus sur la surface de la terre ; leur impuissance à parer à ces événements les obligea à avoir recours aux prières envers ce qu'ils reconnaissaient être plus puissant qu'eux, et qu'ils croyaient disposé à les tourmenter. Par la suite, des hommes ambitieux, de vastes génies, de grands politiques, nés dans différents siècles, dans diverses régions, ont tiré parti de la crédulité des peuples, ont annoncé des Dieux souvent bizarres, fantasques, tyrans, ont établi des cultes, ont entrepris de former des sociétés dont ils pussent devenir les chefs, les législateurs ; ils ont reconnu que, pour maintenir ces sociétés, il était nécessaire que chacun des membres sacrifiât souvent ses passions, ses plaisirs particuliers au bonheur des autres. De là la nécessité de faire envisager un équivalent de récompenses à espérer et de peines à craindre qui déterminassent à faire ces sacrifices.

Ces politiques imaginèrent donc les religions. Toutes promettent des récompenses et annoncent des peines qui engagent une grande partie des hommes à résister au penchant naturel qu'ils ont de s'approprier le bien, la femme, la fille d'autrui ; de se venger, de médire, de noircir la réputation de leur prochain, afin de rendre la leur plus saillante. L'honneur fut associé par la suite aux religions. Cet être aussi chimérique qu'elles, aussi utile au bonheur des sociétés qu'à celui de chaque particulier, fut imaginé pour contenir dans les mêmes bornes, et par les mêmes principes, un certain nombre d'autres hommes.

Il y a un Dieu, créateur et moteur de tout ce qui existe, n'en doutons point ; nous faisons partie de ce tout, et nous n'agissons qu'en conséquence des premiers principes du mouvement que Dieu lui a donné. Tout est combiné et nécessaire, rien n'est produit par le hasard. Trois dés posés par un joueur doivent infailliblement donner tel ou tel point, eu égard à l'arrangement des dés dans son cornet, à la force et au mouvement donnés. Le coup de dés est le tableau de toutes les actions de notre vie. Un de en pousse un autre auquel il imprime un mouvement nécessaire, et, de mouvements en mouvements, il résulte physiquement un tel point. De même l'homme, par son premier mouvement, par sa première action, est déterminé invinciblement à une seconde, à une troisième, etc.

Car dire que l'homme veut une chose parce qu'il la veut, c'est ne rien dire, c'est supposer que le néant produit un effet. Il est évident que c'est un motif, une raison qui le détermine à vouloir cette chose, et de raisons en raisons, qui sont déterminées les unes par les autres, la volonté de l'homme est invinciblement nécessitée de faire telles ou telles actions pendant tout le cours de sa vie, dont la fin est celle du coup de dé.

Aimons Dieu, non pas qu'il l'exige de nous, mais parce qu'il est souverainement bon, et ne craignons que les hommes et leurs lois. Respectons ces lois, parce qu'elles sont nécessaires au bien public, dont chacun de nous fait partie.

Voilà, madame, ajouta l'abbé T…, ce que mon amitié pour vous m'a arraché sur le chapitre des religions. C'est le fruit de vingt années de travail, de veilles et de méditations, pendant lesquelles j'ai cherché de bonne foi à distinguer la vérité du mensonge.

Concluons donc, ma chère amie, que les plaisirs que nous goûtons, vous et moi, sont purs, sont innocents, puisqu'ils ne blessent ni Dieu, ni les hommes, par le secret et la décence que nous mettons dans notre conduite. Sans ces deux conditions, je conviens que nous causerions du scandale, et que nous serions criminels envers la société : notre exemple pourrait séduire de jeunes cœurs destinés, par leurs familles, par leur naissance, à des emplois utiles au bien public, dont ils négligeraient peut-être de se charger pour ne suivre que le torrent des plaisirs.

— Mais, répliqua M<sup>lle</sup> C..., si nos plaisirs sont innocents, comme je le conçois présentement, pourquoi, au contraire, ne pas instruire tout le monde de la manière d'en goûter du même genre ? Pourquoi ne pas communiquer le fruit que vous avez tiré de vos méditations métaphysiques à nos amis, à nos concitoyens, puisque rien ne pourrait contribuer davantage à leur tranquillité et à leur bonheur ? Ne m'avez-vous pas dit cent fois qu'il n'y a pas de plus grand plaisir que celui de faire des heureux ?

— Je vous ai dit vrai, madame, reprit l'abbé T..., mais gardons-nous bien de révéler aux sots des vérités qu'ils ne sentiraient pas ou desquelles ils abuseraient. Elles ne doivent être connues que par les gens qui savent penser et dont les passions sont tellement en équilibre entre elles qu'ils ne sont subjugués par aucune. Cette espèce d'hommes et de femmes est très rare : de cent mille personnes, il n'y en a pas vingt qui s'accoutument à penser ; et de ces vingt, à peine en trouverez-vous quatre qui pensent, en effet, par elles-mêmes ou qui ne soient pas emportées par quelque passion dominante. De là, il faut être extrêmement circonspect sur le genre de vérités que nous avons examinées aujourd'hui.

Comme peu de personnes aperçoivent la nécessité qu'il y a de s'occuper du bonheur de ses voisins pour s'assurer de celui que l'on cherche soi-même, on doit donner à peu de personnes des preuves claires de l'insuffisance des religions, qui ne laissent pas de faire agir et de retenir un grand nombre d'hommes dans leurs devoirs et dans l'observation de règles qui, dans le fond, ne sont utiles qu'au bien de la société, sous le voile de la religion, par la crainte des peines et l'espérance des récompenses éternelles qu'elle leur annonce. Ce sont cette crainte et cette espérance qui guident les faibles : le nombre en est grand. Ce sont l'honneur, les lois humaines, l'intérêt public qui guident les gens qui pensent : le nombre en est, en vérité, bien petit.

Dès que M. l'abbé T…eut cessé de parler, M<sup>lle</sup> C… le remercia dans des termes qui marquaient toute sa satisfaction.

— Tu es adorable, mon cher ami, lui dit-elle en lui sautant au cou. Que je me trouve heureuse de connaître, d'aimer un homme qui pense aussi sainement que toi ! Sois assuré que je n'abuserai jamais de ta confiance, et que je suivrai exactement la solidité de tes principes.

Après quelques baisers qui furent encore donnés de part et d'autre et qui m'ennuyèrent beaucoup, à cause de la situation gênante où j'étais, mon pieux directeur et sa docile prosélyte descendirent dans la salle où l'on avait coutume de s'assembler. Je gagnai promptement ma chambre, où je m'enfermai. Un instant après, on vint m'appeler de la part de M<sup>lle</sup> C… Je lui fis dire que je n'avais pas dormi de la nuit et que je la priais de me laisser reposer encore quelques heures. J'employai ce temps à mettre par écrit tout ce que je venais d'entendre.

Nos jours s'écoulaient, dans cette campagne, en témoignages réciproques d'amitié, lorsque ma mère vint subitement, un matin, m'annoncer que notre voyage de Paris était fixé pour le lendemain. Nous dînâmes encore, ma mère et moi, chez l'aimable M^{lle} C..., que je quittai en versant un torrent de larmes. Cette femme adorable, peut-être unique dans son espèce, m'accabla de caresses et me donna les conseils les plus sages, sans y mêler des petitesses accablantes et inutiles. M. l'abbé T... était allé dans une ville voisine où il devait passer huit jours. Je ne le vis point. Nous retournâmes coucher à Volnot. Tout était préparé pour notre voyage. Nous nous mîmes le lendemain dans une chaise, qui nous voitura jusqu'à Lyon, d'où la diligence nous conduisit à Paris.

J'ai dit que ma mère s'était déterminée à faire ce voyage parce qu'il lui était dû une somme considérable par un marchand de sa connaissance, et que du paiement de cette somme dépendait toute notre fortune. D'autre part, ma mère était endettée, son commerce languissait. Avant de partir de Volnot, elle avait laissé toutes ses affaires entre les mains d'un avocat, son parent, qui acheva de les perdre. Ma mère apprit que tout était saisi chez elle ; le même jour, pour comble d'infortune, on vint lui annoncer que son débiteur de Paris, obéré et pressé trop vivement pour une multitude de créanciers, venait de faire une banqueroute frauduleuse et complète. On ne résiste pas à tant de chagrins à la fois : ma pauvre mère y succomba ; une fièvre maligne l'emporta en huit jours.

Me voilà donc au milieu de Paris, livrée à moi-même, sans parents, sans amis, jolie, à ce qu'on me disait, instruite à bien des égards, mais sans connaissance des usages du monde.

Ma mère, avant de mourir, m'avait remis une bourse, dans laquelle je trouvai quatre cents louis d'or ; étant d'ailleurs assez bien en linge et en habits, je me crus riche. Mon premier mouvement fut cependant de me jeter dans un monastère et de me faire religieuse ; mais les réflexions que je fis sur ce que j'avais souffert autrefois dans un pareil gîte, jointes aux conseils d'une dame, ma voisine, avec qui j'avais ébauché un commencement de connaissance, me détournèrent de ce fatal dessein.

Cette dame, qui se nommait Bois-Laurier, avait un appartement à côté de celui que j'occupais dans un hôtel garni. Elle eut la complaisance de ne me presque point quitter pendant le premier mois qui suivit la mort de ma mère, et je lui dois une reconnaissance éternelle des soins qu'elle me donna pour soulager les afflictions dont j'étais accablée. M^{lle} Bois-Laurier était, comme vous l'avez su, une femme que la nécessité avait contrainte, pendant sa jeunesse, de servir au soulagement de l'inconduite du public libertin, et qui, à l'exemple de tant d'autres, jouait alors incognito le rôle d'honnête femme, à l'aide d'une rente viagère qu'elle s'était assurée de l'épargne de ses premiers travaux.

Cependant l'affliction qui me dévorait fit place aux réflexions. L'avenir me fit peur ; je m'en ouvris à mon amie ; je lui confiai l'état de mes finances et ce que j'envisageais d'affreux dans ma situation. Elle avait un esprit solide et affermi par l'expérience.

« Que vous êtes peu sage, me dit-elle un matin, de vous inquiéter aussi vivement d'un avenir qui n'est pas plus certain pour les plus riches que pour les plus pauvres et qui doit vous paraître moins critique qu'à une autre ! Est-ce qu'avec du mérite, une taille, une mine comme celle que vous portez là une fille est jamais embarrassée, pour peu qu'elle y joigne de la prudence et de la conduite ? Non, mademoiselle, ne vous inquiétez point : je vous trouverai ce qu'il vous faut, peut-être même un bon mari ; car il me paraît que votre manie est de vouloir tâter du sacrement. Hélas ! Ma pauvre enfant, vous ne connaissez guère la juste valeur de ce que vous désirez là ! Enfin, laissez-moi faire ; une femme de quarante ans, qui a l'expérience d'une de cinquante, sait ce qui convient à une fille comme vous. Je vous servirai de mère, ajouta-t-elle, et de chaperon pour paraître dans le monde ; dès aujourd'hui je vous présenterai à mon oncle B..., qui doit venir me voir : c'est un riche financier, un honnête homme, qui vous trouvera bientôt un bon parti. »

Je sautai au cou de Bois-Laurier, que je remerciai de tout mon cœur, et j'avoue de bonne foi que le ton d'assurance avec lequel elle me parlait me persuada que ma fortune était certaine.

Qu'une fille sans expérience, avec beaucoup d'amour-propre, est sotte ! Les leçons de M. l'abbé T... m'avaient bien dessillé les yeux sur le rôle que nous devons jouer ici-bas, eu égard à Dieu et aux lois des hommes ; mais je n'avais aucune connaissance de l'usage du monde.

Tout ce que je voyais, ce qu'on me disait me paraissait rempli de la probité que j'avais trouvée dans M^lle C… et dans l'abbé T…, et je croyais le seul Dirrag un méchant homme. Pauvre innocente ! Que je me trompais grossièrement !

Le financier B… arriva chez M^lle Bois-Laurier vers les cinq heures du soir. On employa sans doute les premiers quarts d'heure de cette visite à tout autre chose qu'à s'entretenir de moi. La nièce était trop fine pour ne pas mettre l'oncle dans un état de tranquillité qui ne lui laissât rien à redouter de l'effet de mes charmes, qu'elle disait être dangereux. La besogne fut longue. Vers les sept heures, je fus présentée à M. B…, à qui je fis en entrant une profonde révérence sans qu'il daignât se lever. Il me fit asseoir, cependant, sur une chaise, à côté d'un fauteuil dans lequel il était à demi couché, poussant un gros ventre en avant qui n'était couvert que de sa chemise, et il me reçut avec l'air et les manières de la plupart des gens de son état ; tout m'en parut néanmoins admirable, jusqu'aux louanges qu'il donna à la fermeté de ma cuisse, sur laquelle il appuya brutalement sa main en serrant de toute sa force, au point de me faire pousser un cri.

« Ma nièce m'a parlé de vous, me dit-il sans faire attention à la douleur qu'il m'avait causée ; comment, diable ! Vous avez des yeux, des dents, une cuisse dure ! Oh ! Nous ferons quelque chose de vous. Dès demain, je vous fais dîner avec un de mes confrères qui a de l'or plein cette chambre ; je connais son hu-meur : il sera d'abord amoureux ; ménagez-le ; je vous réponds que c'est un bon vivant dont vous serez contente. Adieu, mes chers enfants, ajouta-t-il en se levant et boutonnant sa veste ; embrassez-moi toutes deux et me regardez comme votre père. Toi, ma nièce, envoie dire à ma petite maison qu'on nous y prépare à diner. »

Aussitôt que notre financier fut sorti. M^{lle} Bois-Laurier me témoigna combien elle était charmée qu'il m'eût trouvée de son goût.

« C'est un homme sans façon, me dit-elle, un cœur excellent et un ami essentiel. Laissez-moi faire : j'ai pris pour vous une sincère amitié ; suivez seulement mes conseils ; surtout, ne faisons pas la bégueule, et je vous réponds de votre fortune. »

Je soupai avec mon nouveau mentor, qui sonda adroitement quelle était ma façon de penser et la conduite que j'avais tenue jusqu'alors.

Son épanchement de cœur pour moi excita le mien. Je jasai plus que je ne voulais. On fut d'abord alarmé d'apprendre que je n'avais jamais eu d'amants ; mais on se rassura dès qu'on fut persuadé, par les réponses qu'on m'arracha finement, que je connaissais la valeur des plaisirs de l'amour et que j'en avais tiré un honnête parti. La Bois-Laurier me baisa, me caressa ; elle fit tout ce qu'elle put pour m'engager à coucher avec elle. Je la remerciai, et je rentrai chez moi, l'esprit très occupé de la bonne fortune qui m'attendait.

Les Parisiennes sont vives et caressantes. Dès le lendemain matin, mon obligeante voisine vint me proposer de me friser, de me servir de femme de chambre, de faire ma toilette ; mais le deuil de ma mère m'empêcha d'accepter ses offres, et je restai dans mon petit bonnet de nuit. La curieuse Bois-Laurier me fit mille polissonneries et parcourut tous mes charmes, des yeux et de la main, en me donnant une chemise qu'elle voulut me passer elle-même :

— Mais, coquine ! me dit-elle par réflexion, je crois que tu prends ta chemise sans avoir fait la toilette à ton minon ; où est donc ton bidet ?

— Je ne sais, en vérité, lui répondis-je, ce que vous voulez me dire avec votre *bidet*.

— Comment, dit-elle, point de bidet ? Garde-toi bien de te vanter jamais d'avoir manqué d'un meuble aussi nécessaire à une fille du bon air que sa propre chemise. Pour aujourd'hui, je veux bien te prêter le mien ; mais demain, sans plus tarder, songe à l'emplette d'un bidet.

Celui de la Bois-Laurier fut donc apporté ; elle me campa dessus, et, malgré tout ce que je pus dire et faire, cette femme officieuse, tout en riant comme une folle, lava elle-même abondamment ce qu'elle nommait mon *minon*. L'eau de lavande ne lui fut pas épargnée. Que je soupçonnais peu la fête qui lui était préparée, et le motif de cet exact *lavabo* !

Vers le midi, un honnête fiacre nous conduisit à la petite maison de M. B..., où il nous attendait avec M. R..., son confrère et ami. Celui-ci était un homme de trente-huit à quarante ans, d'une figure assez passable, richement habillé, affectant de montrer tour à tour ses bagues, ses tabatières, ses étuis, jouant l'homme d'importance. Il daigna néanmoins s'approcher de moi, et me prenant parles mains, en me considérant attentivement face à face :

— Elle est, parbleu ! Jolie ! s'écria-t-il ; d'honneur ! Elle est charmante, et je veux en faire ma petite femme.

— Oh ! Monsieur, vous me faites bien de l'honneur, répliquai-je, et si…

— Non, non, reprit-il, ne vous embarrassez de rien : j'arrangerai tout cela de façon que vous serez contente.

On annonça qu'on avait servi ; on se mit à table La Bois-Laurier, qui connaissait le jargon, les propos usités dans ces sortes de repas, y lut charmante. Elle eut beau m'agacer, j'étais totalement déplacée, je ne disais mot, ou si je parlais, c'était dans des termes qui parurent si maussades aux deux financiers que la première vivacité de M. R… se perdit : il me regardait avec de grands yeux qui annonçaient l'idée qu'il concevait de mon esprit : on ne paraît ordinairement en avoir qu'avec les personnes qui pensent et agissent comme nous. Cependant quelques verres de vin de Champagne réparèrent bientôt dans l'imagination de R… les torts que la stérilité de ma conversation y avait faits. Il devint plus pressant, et moi plus docile. Son air d'aisance m'en imposa ; ses mains larronnesses voltigeaient un peu partout ; et la crainte de manquer à des égards que je croyais d'usage m'empêchait d'oser lui en imposer sérieusement. Je me croyais d'autant plus autorisée à laisser aller les choses leur train que je voyais sur un sopha, à l'autre bout de la salle, M. B… parcourant encore un peu plus cavalièrement les appas de madame sa nièce. Enfin, je me défendis si mal des petites entreprises de R… qu'il ne douta pas de réussir, s'il en tentait de plus sérieuses. Il me proposa de passer sur un lit de repos qui faisait face au sopha.

« Je le veux bien, monsieur, lui dis-je bonnement ; je pense que nous serons mieux, et je crains que vous ne vous fatiguiez trop dans la situation où vous êtes là, à mes genoux. » (Il venait, en effet, de s'y mettre.) Aussitôt il se lève et me porte sur le petit lit.

Dans ce mouvement, je m'aperçus que M. B... et sa nièce sortaient de l'appartement ; je voulus me relever pour les suivre ; mais l'entreprenant R..., me disant en quatre mots qu'il m'aimait à la folie et qu'il voulait faire ma fortune, avait troussé d'une main ma chemise jusqu'à la ceinture, et de l'autre sortait de sa culotte un membre roide et nerveux ; son genou était passé entre mes cuisses, qu'il ouvrait le plus qu'il lui était possible, et il se disposait à assouvir sa brutalité lorsque, portant les yeux sur le monstre dont j'étais menacée, je reconnus qu'il avait à peu près la même physionomie que le goupillon dont le Père Dirrag se servait pour chasser l'esprit immonde du corps de ses pénitentes.

Je me souvins en ce moment de tout le danger que M. l'abbé T... m'avait fait envisager dans la nature de l'opération dont j'étais menacée. Ma docilité se changea sur-le-champ en fureur ; je saisis le redoutable R... à la cravate, et, le bras tendu, je le tins dans une posture qui le mit hors d'état de prendre celle qu'il s'efforçait de gagner. Alors, tenant la vue fixée, de peur de surprise, sur la tête de l'ennemi dont je craignais l'enfilure, j'appelai de toutes mes forces à mon secours M<sup>lle</sup> Bois-Laurier, qui, de moitié ou non dans les projets de R..., ne put se dispenser d'accourir et de blâmer son procédé.

Furieuse de l'affront que je venais de recevoir de la part de R..., j'étais au moment de lui arracher les yeux ; je lui reprochais sa témérité dans les termes les plus vifs. M. B... avait joint la Bois-Laurier ; tous deux ensemble ne retenaient qu'avec peine les efforts que je faisais pour leur échapper et tomber sur R..., lorsque celui-ci, après avoir remis tranquillement le meuble critique dans son gîte, rompit tout à coup le silence par un éclat de rire désordonné.

« Parbleu ! La petite provinciale, dit-il en affectant le mauvais plaisant, convenez que je vous ai fait grande peur : vous avez donc cru sérieusement que je voulais ?... Oh ! La singulière chose qu'une fille de province, qui n'a pas le soupçon des usages du beau monde ! Imagine-toi, mon cher B..., continua-t-il, que j'ai couché mademoiselle sur le lit, j'ai levé ses jupes, je lui ai montré mon... ; la petite bégueule ne s'est-elle pas imaginé qu'il y avait quelque chose d'irrégulier dans ce procédé ! Elle fait du *lutin*, vous êtes venus : voilà toute l'histoire qui met cette belle enfant dans les convulsions que vous voyez ; n'y a-t-il pas là de quoi mourir de rire ? ajouta-t-il en redoublant ses éclats. Mais, la Bois-Laurier, reprit-il tout à coup avec un grand sérieux, je vous prie de ne me plus mettre avec de pareilles sottes ; je ne suis point fait pour être maître d'école ni professeur de civilité, et vous ferez fort bien d'apprendre à vivre à mademoiselle avant de la présenter en compagnie de gens comme B… et moi. »

Les bras, je vous l'avoue, m'étaient tombés pendant cette singulière harangue. J'écoutais R… la bouche béante, je le regardais avec des yeux hébétés, et je ne disais mot.

B… disparut avec R…, sans que, pour ainsi dire, je m'en aperçusse, et je restai comme une stupide entre les bras de la Bois-Laurier, qui marmottait aussi entre ses dents certains petits mots qui visaient à me faire entendre que je ne laissais pas d'avoir quelques torts. Nous montâmes dans notre fiacre, et nous retournâmes chez nous.

Je ne résistai pas longtemps à l'agitation de mes sens. En arrivant, je versai un torrent de larmes. Ma chaste compagne, qui n'était pas tranquille sur les idées qui me restaient de mon aventure, ne me quitta point ; elle chercha à me persuader que les hommes étaient toujours curieux de sonder jusqu'à quel point une fille qu'ils ont en vue d'épouser connaît les plaisirs de l'amour. La conclusion de ce beau raisonnement fut que la prudence aurait dû m'engager à affecter plus d'ignorance, et qu'elle voyait avec chagrin que ma vivacité m'avait peut-être fait manquer ma fortune.

Je lui répondis, avec feu, que je n'étais pas assez peu instruite pour ignorer ce que l'indigne R… voulait faire de moi. J'ajoutai assez sèchement que la plus haute fortune ne me tenterait jamais à ce prix-là. Emportée par mon agitation, je lui contai ensuite ce que j'avais vu du Père Dirrag et de

M<sup>lle</sup> Éradice, les leçons que j'avais reçues, à ce sujet, de l'abbé
T… et de M<sup>lle</sup> C…

Enfin, de propos en propos, la rusée de Bois-Laurier sut
tirer de moi toute mon histoire. Ce détail la fit changer de ton ;
si je lui avais paru peu instruite des manières, des usages du
monde, elle ne fut pas peu surprise de mes lumières dans la
morale, la métaphysique et la religion.

La Bois-Laurier a le cœur excellent.

« Que je suis enchantée, me dit-elle en m'embrassant étroi-
tement, de connaître une fille telle que toi ! Tu viens de me
dessiller les yeux sur des mystères qui faisaient tout le malheur
de ma vie ; les réflexions que je ne cessais de faire sur ma
conduite passée en troublaient le repos. Qui est-ce qui devait
plus appréhender que moi les châtiments dont on nous menace
pour des crimes que tu m'as démontré être involontaires ? Le
commencement de ma vie a été un tissu d'horreurs ; mais,
quoi qu'il en coûte à mon amour-propre, je te dois confidence
pour confidence, leçon pour leçon.

Écoute donc, ma chère Thérèse, le récit de mes aventures ;
en t'instruisant des caprices des hommes, qu'il est bon que
tu connaisses, il pourra contribuer aussi à te confirmer qu'en
effet le vice et la vertu dépendent du tempérament et de
l'éducation. »

Et tout de suite cette femme commença son histoire.

# DEUXIÈME PARTIE

Tu vois en moi, chère Thérèse, un être singulier. Je ne suis ni homme, ni femme, ni fille, ni veuve, ni mariée. J'ai été une libertine de profession, et je suis encore pucelle. Sur un pareil début, tu me prends sans doute pour une folle : un peu de patience, je le prie, tu auras le mot de l'énigme. La nature, capricieuse à mon égard, a semé d'obstacles insurmontables la route des plaisirs qui font passer une fille de son état à celui de femme : une membrane nerveuse en ferme l'avenue avec assez d'exactitude pour que le trait le plus délié que l'amour ait jamais eu dans son carquois n'ait pu atteindre le but ; et, ce qui te surprendra davantage, on n'a jamais pu me déterminer à subir l'opération qui pouvait me rendre habile aux plaisirs, quoique, pour vaincre ma répugnance, on me citât à chaque instant l'exemple d'une infinité de jeunes filles qui, dans le même cas, s'étaient soumises à cette épreuve.

Destinée dès ma plus tendre enfance à l'état de courtisane, ce défaut, qui semblait devoir être l'écueil de ma fortune dans ce honteux métier, en a été, au contraire, le principal mobile. Tu comprends donc que, lorsque je t'ai dit que mes aventures t'instruiraient des caprices des hommes, je n'ai pas entendu parler des différentes attitudes que la volupté leur fait varier, pour ainsi dire, à l'infini, dans leurs embrassements réels avec les femmes. Toutes les nuances des attitudes galantes ont été traitées avec tant d'énergie par le célèbre Pierre Arétin, qui vivait dans le XV$^e$ siècle, qu'il n'en reste rien à dire aujourd'hui.

Il n'est donc question, dans ce que j'ai à t'apprendre, que de ces goûts de fantaisie, de ces complaisances bizarres que quantité d'hommes exigent de nous et qui, par prédilection ou par certain défaut de conformation, leur tiennent lieu d'une jouissance parfaite. J'entre présentement en matière.

Je n'ai jamais connu mon père ni ma mère. Une femme de Paris, nommée la Lefort, logée bourgeoisement, chez laquelle j'avais été élevée comme étant sa fille, me tira un jour mystérieusement en particulier, pour me dire ce que tu vas entendre (j'avais alors quinze ans) :

« Vous n'êtes point ma fille, me dit M<sup>lle</sup> Lefort ; il est temps que je vous instruise de votre état. A l'âge de six ans, vous étiez égarée dans les rues de Paris ; je vous ai retirée chez moi, nourrie et entretenue charitablement jusqu'à ce jour, sans avoir jamais pu découvrir quels sont vos parents, quelques soins que je me sois donnés pour cela.

Vous avez dû vous apercevoir que je ne suis pas riche, quoique je n'aie rien négligé pour votre éducation. C'est à vous présentement à être vous-même l'instrument de votre fortune. Voici, ajouta-t-elle, ce qui me reste à vous proposer pour y parvenir. Vous êtes bien jolie, plus formée que ne l'est ordinairement une fille de votre âge. M. le président de M***, mon protecteur et mon voisin, est amoureux de vous. Voyez, Manon, ce que vous voulez que je lui dise ; mais je ne dois pas vous taire que si vous n'acceptez pas sans restriction les offres qu'il m'a chargée de vous faire, il faut vous déterminer à quitter ma maison dès aujourd'hui, parce que je suis hors d'état de vous nourrir et de vous habiller plus longtemps. »

Cette confidence accablante et la conclusion de M^lle Lefort, qui l'accompagnait, me glacèrent d'effroi. J'eus recours aux larmes. Point de quartier : il fallut me décider. Après quelques explications préliminaires, je promis de faire tout ce qu'on exigeait, au moyen de quoi M^lle Lefort m'assura qu'elle me conserverait toujours les soins et le doux nom de mère.

Le lendemain matin, elle m'instruisit amplement des devoirs de l'état que j'allais embrasser et des procédés particuliers qu'il convenait que j'eusse avec M. le président. Ensuite, elle me fit mettre toute nue, me lava le corps du haut en bas, me frisa, me coiffa et me revêtit d'habits beaucoup plus propres que ceux que j'avais coutume de porter.

A quatre heures après midi, nous fûmes introduites chez M. le président. C'était un homme grand, sec, dont le visage jaune et ridé était enfoui dans une très longue et très ample perruque carrée. Ce respectable personnage, après nous avoir fait asseoir, dit gravement, en adressant la parole à ma mère :

« Voilà donc la petite personne en question ? Elle est assez bien : je vous avais toujours dit qu'elle avait des dispositions à devenir jolie et bien faite ; et jusqu'à présent ce n'est pas de l'argent mal employé ; mais vous êtes sûre au moins qu'elle a son pucelage ? ajouta-t-il. Voyons un peu, madame Lefort. »

Aussitôt ma bonne mère me fit asseoir sur le bord d'un lit et, me couchant renversée sur le dos, elle releva ma chemise et se disposait à m'ouvrir les cuisses, lorsque M. le président lui dit d'un ton brusque :

— Eh ! Ce n'est pas cela, madame ; les femmes ont toujours la manie de montrer les devants ! Eh ! Non, faites tourner...

— Ah ! Monseigneur, je vous demande pardon, s'écria ma mère ; je croyais que vous vouliez voir... Çà ! Levez-vous, Manon, me dit-elle ; mettez un genou sur cette chaise, et inclinez le corps le plus que vous pourrez.

Moi, semblable à une victime, les yeux baissés, je fis ce qu'on me prescrivait. Ma digne mère me troussa dans cette attitude jusqu'aux hanches, et M. le président s'étant approché, je sentis qu'elle ouvrait les lèvres de mon..., entre lesquelles monseigneur tentait d'introduire le doigt, en tâchant, mais inutilement de pénétrer.

« Cela est fort bien, dit-il à ma mère, et je suis content : je vois qu'elle est sûrement pucelle. Présentement, faites-la tenir ferme dans l'attitude où elle est : occupez-vous à lui donner quelques petits coups de votre main sur les fesses. »

Cet arrêt fut exécuté. Un profond silence succéda. Ma mère soutenait de la main gauche mes jupes et ma chemise levées, tandis qu'elle me fessait légèrement de la droite. Curieuse de voir ce qui se passait de la part du président, je tournai tant soit peu la tête : je l'aperçus posté à deux pas de mon derrière, un genou à terre, tenant d'une main sa lorgnette braquée sur mon postérieur, et, de l'autre, secouant entre ses cuisses quelque chose de noir et de flasque que tous ses efforts ne pouvaient arriver à faire guinder.

Je ne sais s'il finit ou non sa besogne ; mais enfin, après un quart d'heure d'une attitude que je ne pouvais plus supporter, monseigneur se leva et gagna son fauteuil, en vacillant sur ses vieilles jambes étiques. Il donna à ma mère une bourse dans laquelle il lui dit qu'elle trouverait les cent louis d'or promis ; et après m'avoir honorée d'un baiser sur la joue, il m'annonça qu'il aurait soin que rien ne me manquât, pourvu que je fusse sage, et qu'il me ferait avertir lorsqu'il aurait besoin de moi.

Dès que nous fûmes rentrées au logis, ma mère et moi, continua M^{lle} Bois-Laurier, je fis d'aussi sérieuses réflexions sur ce que j'avais appris et vu depuis vingt-quatre heures que celles que vous fîtes ensuite de la fustigation de M^{lle} Éradice par le père Dirrag. Je me rappelais tout ce qui s'était dit et fait dans la maison de M^{lle} Lefort depuis mon enfance, et je rassemblais mes idées pour en tirer quelque conclusion raisonnable, lorsque ma mère entra et mit fin à mes rêveries.

« Je n'ai plus rien à te cacher, ma chère Manon, me dit-elle en m'embrassant, puisque te voilà associée aux devoirs d'un métier que j'exerce avec quelque distinction depuis vingt ans. Écoute donc attentivement ce que j'ai encore à te dire, et par ta docilité à suivre mes conseils, mets-toi en état de réparer le tort que te fait le président. C'est par ses ordres, continua ma mère, que je t'ai élevée il y a huit ans. Il m'a payée, depuis ce temps, une pension très modique, que j'ai bien employée, et au delà, pour ton éducation. Il m'avait promis qu'il nous donnerait à chacune cent louis, lorsque ton âge lui permettrait de prendre ton pucelage ; mais si ce vieux paillard a compté sur son hôte, si son vieil outil rouillé, ridé et usé le met hors d'état de tenter cette aventure, est-ce notre faute ? Cependant, il ne m'a donné que les cent louis qui me regardent ; mais ne t'inquiète pas, ma chère Manon, je t'en ferai gagner bien d'autres. Tu es jeune, jolie, point connue ; je vais, pour te faire plaisir, employer cette somme à te bien nipper ; et si tu veux te laisser conduire, je te ferai faire, à toi seule, le profit que faisaient ci-devant dix ou douze demoiselles de mes amies. »

Après mille autres propos de cette espèce, à travers lesquels j'aperçus que ma bonne maman débutait par s'approprier les cent louis donnés par le président, les conditions de notre traité furent qu'elle commencerait par m'avancer cet argent, qu'elle retirerait sur le produit de mes premiers travaux journaliers, et qu'ensuite nous partagerions, consciencieusement, les profits de la société.

La Lefort avait un fonds inépuisable de bonnes connaissances dans Paris. En moins de six semaines, je fus présentée à plus de vingt de ses amis, qui échouèrent successivement au projet de recueillir les prémices de ma virginité. Heureusement que par le bon ordre que M<sup>lle</sup> Lefort tenait dans la conduite de ses affaires elle avait exactement soin de se faire payer d'avance les plaisirs d'un travail qui était impraticable. Je crus même un jour qu'un gros docteur de Sorbonne, qui s'obstinait à vouloir gagner les dix louis qu'il avait financés, y mourrait à la peine ou qu'il me *désenchanterait.*

Ces vingt athlètes furent suivis de plus de cinq cents autres, pendant l'espace de cinq ans. Le Clergé, l'Épée, la Robe et la Finance me placèrent tour à tour dans les attitudes les plus recherchées : soins inutiles ! Le sacrifice se faisait à la porte du temple, ou bien la pointe du couteau s'émoussait : la victime ne pouvait être immolée.

Enfin la solidité de mon pucelage fit trop de bruit et parvint aux oreilles de la police, qui parut vouloir faire cesser les progrès des épreuves. J'en fus avertie à temps ; et nous jugeâmes, M<sup>lle</sup> Lefort et moi, que la prudence exigeait que nous fissions une petite éclipse à trente lieues de Paris.

Au bout de trois mois, le feu s'apaisa. Un exempt de cette même police, compère et ami de M<sup>lle</sup> Lefort, se chargea de calmer les esprits, moyennant une somme de douze louis d'or, que nous lui fîmes compter. Nous retournâmes à Paris avec de nouveaux projets.

Ma mère, qui avait insisté longtemps sur ce que l'opération du bistouri me fût faite, avait bien changé de système ; elle trouvait dans la difformité de ma conformation un fonds inaltérable qui produisait un gros revenu sans être cultivé, sans crainte des *orvales*, point d'enfants, point de *rhumes ecclésiastiques* à redouter. Quant à mes plaisirs, je me repaissais, ma chère Thérèse, par nécessité, de ceux dont tu sais te contenter par raison.

Cependant, poursuivit la Bois-Laurier, nous prîmes de nouvelles allures, et nous nous guidâmes sur de nouveaux principes. En arrivant de notre exil volontaire, notre premier soin fut de changer de quartier ; et sans dire mot au président, nous nous transplantâmes dans le faubourg Saint-Germain.

La première connaissance que j'y fis fut celle d'une certaine baronne qui, après avoir pendant sa jeunesse travaillé utilement et de concert avec une comtesse, sa sœur, aux plaisirs de la jeunesse libertine, était devenue directrice de la maison d'un riche Américain, à qui elle prodiguait les débris de ses appas surannés, qu'il payait bien au delà de leur juste valeur. Un autre Américain, ami de celui-ci, me vit et m'aima ; nous nous arrangeâmes. La confidence que je lui fis du cas où j'étais l'enchanta au lieu de le rebuter. Le pauvre sortait d'entre les mains du célèbre Petit : il sentait qu'entre les miennes il était assuré de ne pas craindre de rechute. Mon nouvel amant d'*outre-mer* avait fait vœu de se borner aux plaisirs de la petite oie ; mais il mêlait dans l'exécution un tic singulier. Son goût était de me placer assise à côté de lui sur un sopha, découverte jusqu'au-dessus du nombril ; et tandis que j'empoignais et que je donnais de légères secousses au rejeton du genre humain, il fallait que j'eusse la complaisance de souffrir qu'une femme de chambre, qu'il m'avait donnée, s'occupât à couper quelques poils de ma toison. Sans ce bizarre appareil, je crois que la vigueur de dix bras comme le mien ne fût pas venue à bout de guinder la machine de mon homme, et encore moins d'en tirer une goutte d'élixir.

Du nombre de ces hommes à fantaisie était l'amant de Minette, troisième sœur de la baronne. Cette fille avait de beaux yeux ; elle était grande, assez bien faite, mais laide, noire, sèche, minaudière, jouant l'esprit et le sentiment sans avoir ni l'un ni l'autre. La beauté de sa voix lui avait procuré successivement nombre d'adorateurs. Celui qui était alors en fonction n'était ému que par ce talent, et les seuls accents de la voix mélodieuse de cet Orphée femelle avaient la vertu d'ébranler la machine de cet amant et de l'exciter au plus grand des plaisirs.

Un jour, après avoir fait, entre nous trois, un ample dîner libertin, pendant lequel on avait chanté, on m'avait plaisantée sur la difformité de mon… ; on avait dit et fait toutes les folies imaginables : nous nous culbutâmes sur un grand lit ; là, nos appas sont étalés, les miens sont trouvés admirables pour la perspective ; l'amant se met en train, il campe Minette sur le bord du lit, la trousse, l'enfile et la prie de chanter. La docile Minette, après un petit prélude, entonne un air de mouvement à trois temps coupés ; l'amant part, pousse et repousse toujours en mesure : ses lèvres semblent battre les cadences, tandis que ses coups de fesses marquent les temps. Je regarde, j'écoute en riant aux larmes, couchée sur le même lit. Tout allait bien jusque-là, lorsque la voluptueuse Minette, venant à prendre plaisir au cas, chante faux, détonne, perd la mesure : un *bémol* est substitué à un *bécarre.*

« Ah ! Chienne ! s'écrie sur-le-champ notre zélateur de la bonne musique, tu as déchiré mon oreille ; ce faux ton a pénétré jusqu'à la cheville ouvrière, elle se détraque ; tiens, dit-il en se retirant, regarde l'effet de ton maudit *bémol !* »

Hélas ! Le pauvre diable était devenu mol, le meuble qui battait la mesure n'était plus qu'un chiffon.

Mon amie, désespérée, fit des efforts incroyables pour ranimer son acteur, mais les plus tendres baisers, les attouchements les plus lascifs furent employés en vain ; ils ne purent rendre l'élasticité à la partie languissante.

« Ah ! Mon cher ami, s'écria-t-elle, ne m'abandonne pas : c'est mon amour pour toi, c'est le plaisir qui a dérangé mon organe ; me quitteras-tu dans cet heureux moment ? Manon, ma chère Manon, secours-moi : montre-lui ta petite moniche ; elle lui rendra la vie, elle me la rendra à moi-même, car je meurs, s'il ne finit. Place-la, mon cher Bibi, dit-elle à son amant, dans l'attitude voluptueuse où tu mets quelquefois la comtesse ma sœur ; l'amitié de Manon pour moi me répond de sa complaisance. »

Pendant toute cette singulière scène, je n'avais cessé de rire jusqu'à perdre la respiration. En effet, a-t-on jamais vu faire pareille besogne en chantant et battre la mesure avec un pareil outil ? Et jamais a-t-on pu imaginer qu'un bémol au lieu d'un bécarre dût faire rater et rentrer aussi subitement un homme en lui-même ?

Je concevais bien que la sœur de la baronne se prêtait à tout ce qui pouvait plaire à son amant, moins par volupté que pour le retenir dans ses liens par des complaisances qu'elle lui faisait payer chèrement ; mais j'ignorais encore quel avait été le rôle de la comtesse que l'on me priait de doubler… Je fus bientôt éclaircie. Voici quel il fut :

Les deux amants me couchent sur le ventre, sous lequel ils mettent trois ou quatre coussins qui tiennent mes fesses élevées ; puis ils me troussent jusqu'au-dessous des hanches, la tête appuyée sur le chevet du lit. Minette s'étend sur le dos, place sa tête entre mes cuisses, ma toison jointe à son front, auquel elle sert comme de toupet. Bibi lève les jupes et la chemise de Minette, se couche sur elle et se soutient sur les bras. Remarque, ma chère Thérèse, que dans cette attitude M. Bibi avait pour perspective, à quatre doigts de son nez, le visage de son amante, ma toison, mes fesses et le reste. Pour cette fois il se passa de musique : il baisait indistinctement tout ce qui se présentait devant lui, visage, cul, bouche, et nulle préférence marquée : tout lui était égal ; son dard, guidé par la main de Minette, reprit bientôt son élasticité et rentra dans son premier gîte. Ce fut alors que les grands coups se donnèrent : l'amant poussait, Minette jurait, mordait, remuait la charnière avec une agilité sans égale ; pour moi, je continuais de rire aux larmes, en regardant de tous mes yeux la besogne qui se faisait derrière moi ; enfin, après un assez long travail, les deux amants se pâmèrent et nagèrent dans une mer de délices.

Quelque temps après, je fus introduite chez un évêque dont la manie était plus bruyante, plus dangereuse pour le scandale et pour le tympan de l'oreille le mieux organisé. Imagine-toi que, soit par un goût de prédilection, soit par un défaut d'organisation, dès que Sa Grandeur sentait les approches du plaisir, elle mugissait et criait à haute voix : *Haï ! haï ! haï !* En forçant le ton à proportion de la vivacité du plaisir dont elle était affectée ; de sorte que l'on aurait pu calculer les gradations du chatouillement que ressentait le gros et ample prélat par les degrés de force qu'il employait à mugir « Haï ! haï ! haï ! »

Tapage qui, lors de la décharge de monseigneur, aurait pu être entendu à mille pas à la ronde, sans la précaution que son valet de chambre prenait de matelasser les portes et les fenêtres de l'appartement épiscopal.

Je ne finirais pas si je te faisais le tableau de tous les goûts bizarres, des singularités que j'ai connus chez les hommes, indépendamment des diverses postures qu'ils exigent des femmes dans le *coït*.

Un jour je fus introduite, par une petite porte de derrière, chez un homme de nom et fort riche, à qui, depuis cinquante ans, tous les matins une fille nouvelle pour lui rendait pareille visite. Il m'ouvrit lui-même la porte de son appartement. Prévenue de l'*étiquette* qui s'observait chez ce paillard d'habitude, dès que je fus entrée, je quittai robe et chemise. Ainsi nue, j'allai lui présenter mes fesses à baiser dans un fauteuil où il était gravement assis.

« Cours donc vite, ma fille, me dit-il, » tenant d'une main son paquet, qu'il secouait de toute sa force, et de l'autre une poignée de verges, dont mes fesses étaient simplement menacées. Je me mets à courir, il me suit ; nous faisons cinq à six tours de chambre, lui criant comme un diable : « Cours donc, coquine, cours donc ! »

Enfin il tombe pâmé dans son fauteuil ; je me rhabille, il me donne deux louis, et je sors.

Un autre me plaçait assise sur le bord d'une chaise, découverte jusqu'à la ceinture. Dans cette posture, il fallait que, par complaisance, quelquefois aussi par goût, je me servisse du frottement de la tête d'un *godemiché*, pour me provoquer au plaisir. Lui, posté dans la même attitude vis-à-vis de moi, à l'autre extrémité de la chambre, travaillait de la main à la même besogne, ayant les yeux fixés sur mes mouvements, et singulièrement attentif à ne terminer son opération que lorsqu'il apercevait que ma langueur annonçait le comble de la volupté.

Un troisième (c'était un vieux médecin) ne donnait aucun signe de virilité qu'au moyen de cent coups de fouet que je lui appliquais sur les fesses, tandis qu'une de mes compagnes, à genoux devant lui, la gorge nue, travaillait avec ses mains à disposer le nerf érecteur de cet Esculape moderne, d'où exhalaient enfin les esprits qui, mis en mouvement par la fustigation, avaient été forcés de se porter dans la région inférieure. C'est ainsi que nous le disposions, ma camarade et moi, par ces différentes opérations, à répandre le baume de la vie. Tel était le mécanisme par lequel ce docteur nous assurait qu'on pouvait restaurer un homme usé, un impuissant, faire concevoir une femme stérile.

Un quatrième (c'était un voluptueux courtisan usé de débauche) me fit venir chez lui avec une de mes compagnes. Nous le trouvâmes dans un cabinet environné de glaces de toutes parts, disposées de manière que toutes faisaient face à un lit de repos de velours cramoisi qui était placé dans le milieu.

« Vous êtes des dames charmantes, adorables, nous dit affectueusement le courtisan ; cependant vous ne trouverez pas mauvais que je n'aie pas l'honneur de vous f….. Ce sera, si vous le trouvez bon, un de mes valets de chambre, garçon beau et bien fait, qui aura celui de vous amuser. Que voulez-vous, mes beaux enfants, ajouta-t-il, il faut savoir aimer ses amis avec leurs défauts, et j'ai celui de ne goûter de plaisir que par l'idée que je me forme de ceux que je vois prendre aux autres. D'ailleurs, chacun se mêle de… Eh ! Ne serait-il pas pitoyable que des gens comme moi fussent les singes d'un gros vilain paysan ! »

Après ce discours préliminaire, prononcé d'un ton mielleux, il fit entrer son valet de chambre qui parut en petite veste courte de satin, couleur de chair, en habit de combat. Ma camarade fut couchée sur le lit de repos, bien et dûment troussée par le valet de chambre, qui m'aida ensuite à me déshabiller nue, de la ceinture en haut. Tout était compassé et se faisait avec mesure. Le maître, dans un fauteuil, examinait et tenait son instrument mollet à la main. Le valet de chambre, au contraire, qui avait descendu sa culotte jusque sur ses genoux et tourné le bas de sa chemise autour de ses reins, en laissait voir un des plus brillants. Il n'attendait, pour agir, que les ordres de son maître, qui lui annonça qu'il pouvait commencer. Aussitôt le fortuné valet de chambre grimpe ma camarade, l'enfile et reste immobile. Les fesses de celui-ci étaient découvertes.

« Prenez la peine, mademoiselle, me dit notre courtisan, de vous placer de l'autre côté du lit et de chatouiller cette ample paire de c..... qui pendent entre les cuisses de mon homme, qui est, comme vous le voyez, un fort honnête Lorrain. »

Cela exécuté de ma part, nue, comme je vous ai dit, de la ceinture en haut, l'ordonnateur de la fête dit à son valet de chambre qu'il pouvait aller son train. Celui pousse sur-le-champ et repousse avec une mobilité de fesses ad-mirable : ma main suit leurs mouvements, ne quitte point les deux énormes vergues. Le maître parcourt des yeux les miroirs, qui lui rendent des tableaux diversifiés, selon le côté dont les objets sont réfléchis. Il vient à bout de faire roidir son instrument qu'il secoue avec vigueur ; il sent que le moment de la volupté approche.

« Tu peux finir, dit-il à son valet de chambre. Celui-ci redouble ses coups ; tous deux, enfin, se pâment et répandent la liqueur divine. »

Chère Thérèse, dit la Bois-Laurier en poursuivant son récit, je me rappelle fort à propos une plaisante aventure, qui m'arriva ce même jour avec trois *capucins* : elle te donnera une idée de l'exactitude de ces bons Pères à observer leur vœu de chasteté.

Après être sortie de chez le courtisan dont je viens de te parler et avoir dit adieu à ma compagne, comme je tournais le premier coin de rue pour monter dans un fiacre qui m'attendait, je rencontrai la *Dupuis*, amie de ma mère, digne émule de son commerce, mais qui en exerçait les travaux dans un monde moins bruyant.

« Ah ! Ma chère Manon, me dit-elle en m'abordant, que je suis ravie de te rencontrer ! Tu sais que c'est moi qui ai l'honneur de servir presque tous nos moines de Paris. Je crois que ces chiens-là se sont donné le mot aujourd'hui pour me faire enrager ; ils sont tous en rut. J'ai depuis ce matin neuf filles en campagne pour eux en diverses chambres et quartiers de Paris, et je cours, depuis quatre heures, sans en pouvoir trouver une dixième pour trois vénérables capucins qui m'attendent encore dans un fiacre bien fermé sur le chemin de ma petite maison. Il faut, Manon, que tu me fasses le plaisir d'y venir, ce sont de bons diables, ils t'amuseront. »

J'eus beau dire à la Dupuis qu'elle savait bien que je n'étais pas un gibier de moines, que ces messieurs ne se contentaient pas des plaisirs de fantaisie, de ceux de la petite oie, mais qu'il leur fallait, au contraire, des filles dont les ouvertures fussent très libres.

« Parbleu ! répliqua la Dupuis, je te trouve admirable de t'inquiéter des plaisirs de ces coquins-là ; il suffit que je leur donne une fille ; c'est à eux à en tirer tel parti qu'ils pourront. Tiens, voilà six louis qu'ils m'ont mis en main : il y en a trois pour toi, veux-tu me suivre ? »

La curiosité autant que l'intérêt me détermina. Nous montâmes dans mon fiacre, et nous nous rendîmes près de Montmartre, à la petite maison de la Dupuis.

Un instant après entrèrent nos trois capucins, qui, peu accoutumés à goûter d'un morceau aussi friand que je paraissais l'être, se jettent sur moi comme trois dogues affamés. J'étais dans ce moment debout, un pied élevé sur une chaise, nouant une de mes jarretières. L'un, avec une barbe rousse et une haleine infectée, vient m'appuyer un baiser sur la parole ; encore cherchait-il à chiffonner avec sa langue. Un second tracassait grossièrement sa main dans mes tétons ; et je sentais le visage du troisième, qui avait levé ma chemise par derrière, appliqué contre mes fesses, tout près du trou mignon, quelque chose de rude comme du crin, passé entre mes cuisses, me farfouillait le quartier de devant ; j'y porte la main : qu'est-ce que je saisis ? La barbe du Père Hilaire, qui, se sentant pris et tiré par le menton, m'applique, pour m'obliger à lâcher prise, un assez vigoureux coup de dent dans une fesse. J'abandonne, en effet, la barbe, et un cri perçant, que la douleur m'arrache, en impose heureusement à ces effrénés et me tire pour un moment de leurs pattes. Je m'assis sur un lit de repos près lequel j'étais ; mais à peine ai-je le temps de m'y reconnaître que trois instruments énormes se trouvent braqués devant moi.

« Ah ! Mes Pères, m'écriai-je, un moment de patience, s'il vous plaît ; mettons un peu d'ordre dans ce qui nous reste à faire. Je ne suis point venue ici pour jouer la vestale : voyons donc avec lequel de vous trois je… »

— C'est à moi ! s'écrièrent-ils tous ensemble, sans me donner le temps d'achever.

— A vous, jeunes barbares ? reprit l'un d'eux en nasillant. Vous osez disputer le pas à Père Ange, ci-devant gardien de…, prédicateur du carême de…, votre supérieur ! Où est donc la subordination ?

— Ma foi ! Ce n'est pas chez la Dupuis, reprit l'un d'eux, sur le même ton ; ici, Père Anselme vaut bien Père Ange.

— Tu en as menti ! répliqua ce dernier en apostrophant un coup de poing dans le milieu de la face du très révérend Père Anselme.

Celui-ci, qui n'était rien moins que manchot, saute sur Père Ange ; tous deux se saisissent, se collètent, se culbutent, se déchirent à belles dents ; leurs robes, relevées sur leurs têtes, laissent à découvert leurs misérables outils, qui, de saillants qu'ils s'étaient montrés, se trouvaient réduits en forme de lavettes. La Dupuis accourut pour les séparer ; elle n'y réussit qu'on appliquant un grand seau d'eau fraîche sur les parties honteuses de ces deux disciples de saint François.

Pendant le combat, Père Hilaire ne s'amusait point à la moutarde. Comme je m'étais renversée sur le lit, pâmée de rire et sans force, il fourrageait mes appas et cherchait à manger l'huître disputée à belles gourmades par ses deux compagnons. Surpris de la résistance qu'il rencontre, il s'arrête pour examiner de près les débouchés ; il entr'ouvre la coquille, point d'issues. Que faire ? Il cherche de nouveau à percer : soins perdus, peines inutiles. Son instrument, après des efforts redoublés, est réduit à l'humiliante ressource de cracher au nez de l'huître qu'il ne peut gober.

Le calme succéda tout à coup aux fureurs monacales. Père Hilaire demanda un instant de silence ; il informa les deux combattants de mon irrégularité et de la barrière insurmontable qui fermait l'entrée du séjour des plaisirs. La vieille Dupuis essuya de vifs reproches, dont elle se défendit en plaisantant, et, en femme qui sait son monde, elle tâcha de faire diversion par l'arrivée d'un convoi de bouteilles de vin de Bourgogne qui furent bientôt sablées.

Cependant, les outils de nos Pères reprennent leur première consistance. Les libations bachiques sont interrompues de temps à autre par des libations à Priape. Toutes imparfaites qu'étaient celles-ci, nos frapparts semblent s'en contenter, et tantôt mes fesses, tantôt leurs revers, servent d'autels à leurs offrandes.

Bientôt une excessive gaieté s'empare des esprits. Nous mettons à nos convives du rouge, des mouches : chacun d'eux s'affuble de quelques-uns de mes ajustements de femme ; peu à peu je suis dépouillée toute nue et couverte d'un simple manteau de capucin, équipage dans lequel ils me trouvèrent charmante.

— N'êtes-vous pas trop heureux, s'écria la Dupuis, qui était à moitié ivre, de jouir du plaisir de voir un minois comme celui de la charmante Manon ?

— Non, ventrebleu ! répliqua Père Ange d'un ton de fureur bachique ; je ne suis point venu ici pour voir un minois : c'est pour f... un c... que je m'y suis rendu ; j'ai bien payé, ajouta-t-il, et ce v... que je tiens en main n'en sortira, ventre-dieu ! Pas qu'il n'ait f..., fût-ce le diable !

Écoute bien cette scène, me dit la Bois-Laurier en s'interrompant ; elle est originale ; mais je t'avertis (peut-être un peu tard) que je ne puis rien retrancher à l'énergie des termes, sans lui faire perdre toutes ses grâces.

La Bois-Laurier avait trop élégamment commencé pour ne pas la laisser finir de même : je souris ; elle continua ainsi le récit de cette aventure :

« Fût-ce le diable, répéta la Dupuis, se levant de dessus sa chaise et élevant la voix du même ton nasillant que celui du capucin ; eh bien ! B..., dit-elle en se troussant jusqu'au nombril, regarde ce c... vénérable, qui en vaut bien deux ; je suis une bonne diablesse : f...-moi donc, si tu l'oses, et gagne ton argent. »

Elle prend en même temps Père Ange par la barbe et l'entraîne sur elle, en se laissant tomber sur le petit lit. Le Père n'est point déconcerté par l'enthousiasme de sa Proserpine ; il se dispose à l'enfiler, et l'enfile à l'instant.

A peine la sexagénaire Dupuis eut-elle éprouvé le frottement de quelques secousses du Père que ce plaisir délicieux,
qu'aucun mortel n'avait eu la hardiesse de lui faire goûter
depuis plus de vingt-cinq ans, la transporte et lui fait bientôt
changer de ton.

« Ah ! Mon papa, disait-elle, en se démenant comme une
enragée, mon cher papa, f... donc ; donne-moi du plaisir !... je
n'ai que quinze ans, mon ami ; oui, vois-tu ? Je n'ai que quinze
ans... Sens-tu ces allures ? Va donc, mon petit chérubin !... tu
me rends la vie... tu fais une œuvre méritoire... »

Dans l'intervalle de ces tendres exclamations, la Dupuis
baisait son champion, elle le pinçait, elle le mordait avec les
deux uniques chicots qui lui restaient dans la bouche.

D'un autre côté, le Père, qui était surchargé de vin, ne
faisait que hannequiner ; mais, ce vin commençant à faire
son effet, la galerie, composée des révérends Pères Anselme,
Hilaire et de moi, s'aperçut bientôt que Père Ange perdait du
terrain et que ses mouvements cessaient d'être régulièrement
périodiques.

« Ah ! B... ! s'écria tout à coup la connaisseuse Dupuis, je
crois que tu déb..., chien ; si tu me faisais un pareil affront !... »

Dans l'instant, l'estomac du Père, fatigué par l'agitation,
fait *capot*, et l'inondation, portant directement sur la face de
l'infortunée Dupuis, au moment d'une de ses exclamations
amoureuses qui lui tenaient la bouche béante, la vieille se sen-

tant infectée de cette exlibation infecte, son cœur se soulève, et elle paie l'agresseur de la même monnaie.

Jamais spectacle plus affreux et plus risible en même temps. Le moine s'appesantit, écroulé sur la Dupuis ; celle-ci fait de puissants efforts pour le renverser de côté ; elle y réussit. Tous deux nagent dans l'ordure : leurs visages sont méconnaissables ; la Dupuis, dont la colère n'était que suspendue, tombe sur Père Ange à grands coups de poing ; mes ris immodérés et ceux des spectateurs nous ôtent la force de leur donner du secours ; enfin, nous les joignîmes, et nous séparâmes les champions. Père Ange s'endort ; la Dupuis se nettoie ; à l'entrée de la nuit, chacun se retire et regagne tranquillement son manoir.

Après ce beau récit, qui nous apprêta à rire de grand cœur, la Bois-Laurier continua à peu près dans ces termes :

Je ne te parle point du goût de ces monstres qui n'en ont que pour le plaisir antiphysique, soit comme agents, soit comme patients. L'Italie en produit moins aujourd'hui que la France. Ne savons-nous pas qu'un seigneur aimable, riche, entiché de cette frénésie, ne put venir à bout de consommer son mariage avec une épouse charmante, la première nuit de ses noces, que par le moyen de son valet de chambre, à qui son maître ordonna, dans le fort de l'acte, de lui faire la même introduction par derrière que celle qu'il faisait à sa femme par devant !

Je remarque cependant que messieurs les antiphysiques se moquent de nos injures et défendent vivement leur goût, en soutenant que leurs antagonistes ne se conduisent que par les mêmes principes qu'eux.

« Nous cherchons tous le plaisir, disent ces hérétiques, par la voie où nous croyons le trouver. C'est le goût qui guide nos adversaires, ainsi que nous. Or, vous conviendrez que nous ne sommes pas les maîtres d'avoir tel ou tel goût. Mais, dit-on, lorsque les goûts sont criminels, lorsqu'ils outragent la nature, il faut les rejeter. Point du tout ; en matière de plaisirs, pourquoi ne pas suivre son goût ? Il n'y en a point de coupables. D'ailleurs, il est faux que l'antiphysique soit contre nature, puisque c'est cette même nature qui nous donne le penchant pour ce plaisir. Mais, dit-on encore, on ne peut procréer son semblable, continuent-ils. Quel pitoyable raisonnement ! Où sont les hommes de l'un et de l'autre goût qui prennent le plaisir de la chair dans la vue de faire des enfants ? »

Enfin, continua la Bois-Laurier, messieurs les antiphysiques allèguent mille bonnes raisons pour faire croire qu'ils ne sont ni à plaindre ni à blâmer. Quoi qu'il en soit, je les déteste, et il faut que je te conte un tour assez plaisant que j'ai joué une fois en ma vie à un de ces exécrables ennemis de notre sexe.

J'étais avertie qu'il devait venir me voir ; et quoique je sois naturellement une terrible péteuse, j'eus encore la précaution de me farcir l'estomac d'une forte quantité de navets, afin d'être mieux en état de le recevoir suivant mon projet. C'était un animal que je ne souffrais que par complaisance pour ma mère. Chaque fois qu'il venait au logis, il s'occupait pendant deux heures à examiner mes fesses, à les ouvrir, à les refermer, à porter le doigt au trou, où il eût volontiers tenté de mettre autre chose, si je ne m'étais pas expliquée nettement sur l'article ; en un mot, je le détestais. Il arrive à neuf heures du soir ; m'ayant fait coucher à plat ventre sur le bord du lit, puis, après avoir exactement levé mes jupes et ma chemise, il va, selon sa louable coutume, s'armer d'une bougie, dans le dessein de venir examiner l'objet de son culte. C'est où je l'attendais. Il mit un genou à terre et, approchant la lumière et son nez, je lui lâchai, à brûle-pourpoint, un vent moelleux que je retenais avec peine depuis deux heures ; le prisonnier, en s'échappant, fit un bruit enragé et éteignit la bougie. Le curieux se jeta en arrière, en faisant, sans doute, une grimace de tous les diables. La bougie tombée de ses mains fut rallumée ; je profitai du désordre et me sauvai, en éclatant de rire, dans une chambre voisine, où je m'enfermai, et de laquelle ni prières, ni menaces ne purent me tirer, jusqu'à ce que mon homme au camouflet eût vidé la maison.

Ici, M<sup>lle</sup> Bois-Laurier fut obligée de cesser sa narration par les ris immodérés qu'excita en moi cette dernière aventure. Par compagnie, elle riait aussi de tout son cœur : et je pense que nous n'eussions pas fini si tôt, sans l'arrivée de deux messieurs de sa connaissance que l'on vint nous annoncer. Elle n'eut que le temps de me dire que cette interruption la fâchait beaucoup, en ce qu'elle ne m'avait encore montré que le mauvais côté de son histoire, qui ne pouvait que me donner une fort mauvaise opinion d'elle, mais qu'elle espérait bientôt me faire connaître le bon et m'apprendre avec quel empressement elle avait saisi la première occasion qui s'était présentée de se retirer du train de vie abominable dans lequel la Lefort l'avait engagée.

Je dois, en effet, rendre justice à la Bois-Laurier ; si j'en excepte mon aventure avec M. R..., dont elle n'a jamais voulu convenir d'avoir été de moitié, sa conduite n'a rien eu d'irrégulier pendant le temps que je l'ai connue. Cinq ou six amis formaient sa société : elle ne voyait de femme que moi, et les haïssait. Nos conversations étaient décentes devant le monde : rien de si libertin que celles que nous tenions dans le particulier depuis nos confidences réciproques. Les hommes qu'elle voyait étaient tous gens sensés. On jouait à de petits jeux de commerce, ensuite on soupait chez elle presque tous les soirs. Le seul B..., ce prétendu oncle financier, était admis à l'entretenir en particulier.

J'ai dit que deux messieurs nous avaient été annoncés ; ils entrèrent ; nous fîmes un quadrille, nous soupâmes gaîment. La Bois-Laurier, qui était d'une humeur charmante, et qui peut-être était bien aise de ne pas me laisser seule livrée aux réflexions de mon aventure du matin, m'entraîna dans son lit. Il fallut coucher avec elle ; on hurle avec les loups : nous dîmes et nous fîmes toutes sortes de folies.

Ce fut, mon cher comte, le lendemain de cette nuit libertine que je vous parlai pour la première fois. Jour fortuné ! Sans vous, sans vos conseils, sans la tendre amitié et l'heureuse sympathie qui nous lia d'abord, je courais insensiblement à ma perte. C'était un vendredi : vous étiez, il m'en souvient, dans l'amphithéâtre de l'Opéra, presque au-dessous d'une loge où nous étions placées, la Bois-Laurier et moi.

Si nos yeux se rencontrèrent par hasard, ils se fixèrent par réflexion. Un de vos amis, qui devait être le même soir l'un de nos convives, nous joignit ; vous l'abordâtes peu de temps après. On me plaisantait sur mes principes de morale ; vous parûtes curieux de les approfondir, et ensuite charmé de les connaître à fond. La conformité de vos sentiments aux miens réveilla mon attention. Je vous écoutais, je vous voyais avec un plaisir qui m'était inconnu jusqu'alors. La vivacité de ce plaisir m'anima, me donna de l'esprit, développa en moi des sentiments que je n'y avais pas encore aperçus.

Tel est l'effet de la sympathie des cœurs : il semble que l'on pense par l'organe de celui avec qui elle agit. Dans le même instant que je disais à la Bois-Laurier qu'elle devait vous engager à venir souper avec nous, vous faisiez la même proposition à votre ami. Tout s'arrangea ; l'Opéra fini, nous montâmes tous quatre dans votre carrosse pour nous rendre dans votre petit hôtel garni, où, après un quadrille dont nous payâmes amplement les frais par les fautes de distraction que nous fîmes, on se mit à table, et on soupa. Enfin, si je vous vis sortir avec regret, je me sentis agréablement consolée par la permission que vous exigeâtes de venir me voir quelquefois, d'un ton qui me convainquit du dessein où vous étiez de n'y pas manquer.

Lorsque vous fûtes sorti, la curieuse Bois-Laurier me questionna et tâcha insensiblement de démêler la nature de la conversation particulière que nous avions eue, vous et moi, après le souper. Je lui dis tout naturellement que vous m'aviez paru désirer de savoir quelle espèce d'affaire m'avait conduite et me retenait à Paris, et je convins que vos procédés m'avaient inspiré tant de confiance que je n'avais pas hésité à vous informer de presque toute l'histoire de ma vie et de l'état de ma situation actuelle. Je continuai de lui dire que vous m'aviez paru touché de mon état, et que vous m'aviez fait entendre que, par la suite, vous pourriez me donner des preuves des sentiments que je vous avais inspirés.

« Tu ne connais pas les hommes, reprit la Bois-Laurier ; la plupart ne sont que des séducteurs et des trompeurs, qui, après avoir abusé de la crédulité d'une fille, l'abandonnent à son malheureux sort. Ce n'est pas que j'aie cette idée du caractère du comte personnellement ; au contraire, tout annonce en lui l'homme qui pense, l'honnête homme, qui est tel par raison, par goût et sans préjugés. »

Après quelques autres discours de la Bois-Laurier, qui visaient à me servir de leçons propres à m'apprendre et à connaître les différents caractères des hommes, nous nous couchâmes ; et, dès que nous fûmes au lit, nos folies firent place aux raisonnements.

Le lendemain matin, la Bois-Laurier me dit, en s'éveillant : Je vous ai conté hier, ma chère Thérèse, à peu près toutes les misères de ma vie ; vous avez vu le mauvais côté de la médaille ; ayez la patience de m'écouter : vous en connaîtrez le bon.

Il y avait longtemps, poursuivit-elle, que mon cœur était bourrelé, que je gémissais de la vie indigne, humiliante, dans laquelle la misère m'avait plongée, et où l'habitude et les conseils de la Lefort me retenaient, lorsque cette femme, qui avait eu l'art de conserver sur moi une sorte d'autorité de mère, tomba malade et mourut. Chacun me croyant sa fille, je restai paisible héritière de tout. Je trouvai, tant en argent comptant qu'en meubles, vaisselle, linge, de quoi former une somme de trente-six mille livres ; en me conservant un honnête néces-saire, tel que vous le voyez aujourd'hui, je vendis le superflu, et dans l'espace d'un mois j'arrangeai mes affaires, de manière que je m'assurai trois mille quatre cents livres de rente viagère. Je donnai mille livres aux pauvres, et je partis pour Dijon, dans le dessein de m'y retirer et d'y passer tranquillement le reste de mes jours.

Chemin faisant, la petite vérole me prit à Auxerre ; elle changea tellement mes traits et mon visage qu'elle me rendit méconnaissable. Cet événement, joint au mauvais secours que j'avais reçu pendant ma maladie, dans la province que je m'étais proposé d'habiter, me fit changer de résolution. Je compris aussi que, retournant à Paris et m'éloignant des deux quartiers que j'avais habités pendant mes deux caravanes, je pourrais facilement y vivre tranquille dans un autre, sans être reconnue. J'y suis donc de retour depuis un an. M. B… est le seul homme qui m'y connaisse pour ce que je suis ; il veut bien que je me dise sa nièce, parce que je me fais passer pour une femme de qualité. Vous êtes aussi, Thérèse, la seule femme à qui je me sois confiée, bien persuadée qu'une personne qui a des principes tels que les vôtres est incapable d'abuser de la confiance d'une amie que vous vous êtes attachée par la bonté de votre caractère et par l'équité qui règne dans vos sentiments.

Lorsque M^lle Bois-Laurier eut fini, je l'assurai qu'elle devait faire fonds sur ma discrétion, et je la remerciai de bon cœur de ce qu'elle avait vaincu, en ma faveur, la répugnance que l'on a naturellement à informer quelqu'un de ses dérèglements passés.

Il était alors près de midi. Nous en étions aux politesses habituelles, la Bois-Laurier et moi, lorsqu'on m'annonça que vous demandiez à me voir. Mon cœur tressaillit de joie ; je me levai, je volai auprès de vous ; nous dînâmes et passâmes ensemble le reste de la journée.

Trois semaines s'écoulèrent, pour ainsi dire, sans que nous nous quittassions et sans que j'eusse l'esprit de m'apercevoir que vous employiez ce temps à connaître si j'étais digne de vous. En effet, enivrée du plaisir de vous voir, mon âme n'apercevait aucun autre sentiment dans moi ; et quoique je n'eusse d'autre désir que celui de vous posséder toute ma vie, il ne me vint jamais dans l'idée de former un projet suivi pour m'assurer ce bonheur.

Cependant, la modestie de vos expressions et la sagesse de vos procédés avec moi ne laissaient pas de m'alarmer. S'il m'aimait, disais-je, il aurait auprès de moi les airs de vivacité que je vois à tels et tels, qui m'assurent qu'ils ont pour moi l'amour le plus vif. Cela m'inquiétait. J'ignorais alors que les gens sensés aiment avec des procédés sensés, et que les étourdis sont des étourdis partout.

Enfin, cher comte, au bout d'un mois, vous me dîtes un jour assez laconiquement que ma situation vous avait inquiété dès le jour même que vous m'aviez connue ; que ma figure, mon caractère, ma confiance en vous vous avaient déterminé à chercher des moyens qui pussent me tirer du labyrinthe dans lequel j'étais à la veille d'être engagée.

— Je vous parais sans doute bien froid, mademoiselle, ajoutâtes-vous, pour un homme qui vous assure qu'il vous aime. Cependant, rien n'est si certain ; mais comptez que la passion qui m'affecte le plus est celle de vous rendre heureuse.

Je voulus en ce moment vous interrompre pour vous remercier.

— Il n'est pas temps, mademoiselle, reprîtes-vous ; ayez la bonté de m'écouter jusqu'à la fin. J'ai douze mille livres de rente ; je puis, sans m'incommoder, vous en assurer deux mille pendant votre vie. Je suis garçon, dans la ferme résolution de ne jamais me marier, et déterminé à quitter le grand monde, dont les bizarreries commencent à m'être trop à charge, pour me retirer dans une assez belle terre que j'ai à quarante lieues de Paris. Je pars dans quatre jours. Voulez-vous m'y accompagner comme amie ? Peut-être, par la suite, vous déterminerez-vous à vivre avec moi comme ma maîtresse : cela dépendra du plaisir que vous aurez à m'en faire ; mais comptez que cette détermination ne réussira qu'autant que vous sentirez intérieurement qu'elle peut contribuer à votre félicité.

C'est une folie, ajoutâtes-vous, de croire qu'on est maître de se rendre heureux par sa façon de penser. Il est démontré qu'on ne pense pas comme on veut. Pour faire son bonheur, chacun doit saisir le genre de plaisir qui lui est propre, qui convient aux passions dont il est affecté, en combinant ce qui résultera de bien et de mal de la jouissance de ce plaisir, et en observant que ce bien et ce mal soient considérés non seulement eu égard à soi-même, mais encore eu égard à l'intérêt public. Il est constant que, comme l'homme, par la multiplicité de ses besoins, ne peut être heureux sans le concours d'une infinité d'autres personnes, chacun doit être attentif à ne rien faire qui blesse la félicité de son voisin. Celui qui s'écarte de ce système fuit le bonheur qu'il cherche. D'où l'on peut conclure avec certitude que le premier principe que chacun doit suivre pour vivre heureux dans ce monde est d'être honnête homme et d'observer les lois humaines, qui sont comme les liens des besoins mutuels de la société.

— Il est évident, dis-je, que ceux ou celles qui s'éloignent de ce principe ne peuvent être heureux ; ils sont persécutés par la rigueur des lois, par les remords, par la haine et par le mépris de leurs concitoyens.

— Réfléchissez donc, mademoiselle, continuâtes-vous, à tout ce que je viens d'avoir l'honneur de vous dire : consultez, voyez si vous pouvez être heureuse en me rendant heureux. Je vous quitte ; demain je viendrai recevoir votre réponse.

Votre discours m'avait ébranlée. Je sentis un plaisir inexprimable à imaginer que je pouvais contribuer à celui d'un homme qui pensait comme vous. J'aperçus en même temps le labyrinthe dont j'étais menacée et sur lequel votre générosité devait me rassurer. Je vous aimais ; mais que les préjugés sont puissants et difficiles à détruire ! L'état de fille entretenue, auquel j'avais toujours vu attacher une certaine honte, me faisait peur. Je craignais aussi de mettre un enfant au monde. Ma mère, M^{lle} C..., avaient failli de périr dans l'accouchement. D'ailleurs, l'habitude où j'étais de me procurer par moi-même un genre de volupté que l'on m'avait dit être égal à celui que nous recevons dans les embrassements d'un homme amortissait le feu de mon tempérament, et je ne désirais jamais rien à cet égard, parce que le soulagement suivait immédiatement les désirs. Il n'y avait donc que la perspective d'une misère prochaine ou l'envie de me rendre heureuse, en faisant votre bonheur, qui pussent me déterminer. Le premier motif ne fit que m'effleurer ; le second me décida.

Avec quelle impatience n'attendis-je pas votre retour chez moi dès que j'eus pris mon parti ! Le lendemain vous parûtes ; je me précipitai dans vos bras.

« Oui, monsieur, je suis à vous, m'écriai-je ; ménagez la tendresse d'une fille qui vous chérit : vos sentiments m'assurent que vous ne contraindrez jamais les miens. Vous savez mes craintes, mes faiblesses, mes habitudes. Laissez agir le temps et vos conseils. Vous connaissez le cœur humain, le pouvoir des sensations sur la volonté ; servez-vous de vos avantages pour faire naître en moi celles que vous croirez les plus propres pour me déterminer à contribuer sans réserve à vos plaisirs. En attendant, je suis votre amie, etc. »

Je me rappelle que vous m'interrompîtes à ce doux épanchement de mon cœur. Vous me promîtes que vous ne contraindriez jamais mon goût et mes inclinations. Tout fut arrangé. J'annonçai le lendemain mon bonheur à la Bois-Laurier, qui fondit en larmes en me quittant, et nous partîmes enfin pour votre terre, le jour que vous aviez fixé.

Arrivée dans cet aimable séjour, je ne fus pas étonnée du changement de mon état, parce que mon esprit n'était occupé que du soin de vous plaire.

Deux mois s'écoulèrent sans que vous me pressassiez sur des désirs que vous cherchiez à faire naître insensiblement dans moi. J'allais au-devant de tous vos plaisirs, excepté de ceux de la jouissance, dont vous me vantiez les ravissements, que je ne croyais pas plus vifs que ceux que je goûtais par habitude, et que j'offrais de vous faire partager. Je frémissais, au contraire, à la vue du trait dont vous menaciez de me percer. Comment serait-il possible, me disais-je, que quelque chose de cette longueur, de cette grosseur, avec une tête aussi monstrueuse, puisse être reçu dans un espace où je puis à peine introduire le doigt ? D'ailleurs, si je deviens mère, je le sens, j'en mourrai. Ah ! Mon cher ami, continuai-je, évitons cet écueil fatal ; laissez-moi faire. Je caressais, je baisais ce que vous nommez votre *docteur* ; je lui donnais des mouvements qui, en vous dérobant comme malgré vous cette liqueur divine, vous conduisaient à la volupté et rétablissaient le calme dans votre âme.

Je remarquais que, dès que l'aiguillon de la chair était émoussé, sous prétexte du goût que j'avais pour les matières de morale et de métaphysique, vous employiez la force du raisonnement pour déterminer ma volonté à ce que vous désiriez de moi.

« C'est l'amour-propre, me disiez-vous un jour, qui décide de toutes les actions de notre vie. J'entends par amour-propre cette satisfaction intérieure que nous sentons à faire telle ou telle chose. Je vous aime, par exemple, parce que j'ai du plaisir à vous aimer. Ce que j'ai fait pour vous peut vous convenir, vous être utile ; mais ne m'en ayez aucune obligation. C'est l'amour-propre qui m'y a déterminé : c'est parce que j'ai fixé mon bonheur à contribuer au vôtre ; et c'est par ce même motif que vous ne me rendrez parfaitement heureux que lorsque votre amour-propre y trouvera sa satisfaction particulière. Un homme donne souvent l'aumône aux pauvres, il s'incommode même pour les soulager : son action est utile au bien de la société ; elle est louable à cet égard ; mais, par rapport à lui, rien moins que cela. Il a fait l'aumône, parce que la compassion qu'il ressentait pour ces malheureux excitait en lui une peine, et qu'il a trouvé moins de désagrément à se défaire de son argent en leur faveur qu'à continuer de supporter cette peine excitée par la compassion ; ou peut-être encore que l'amour-propre, flatté par la vanité de passer pour un homme charitable, est la véritable satisfaction intérieure qui l'a décidé. Toutes les actions de notre vie sont dirigées par ces deux principes : se procurer plus ou moins de plaisir, éviter plus ou moins de peine. »

D'autres fois, vous m'expliquiez, vous étendiez les courtes leçons que j'avais reçues de l'abbé T... Il vous a appris, me disiez-vous, que nous ne sommes pas plus maîtres de penser de telle ou telle manière, d'avoir telle ou telle volonté, que nous ne sommes les maîtres d'avoir ou de ne pas avoir la fièvre. En effet, ajoutiez-vous, nous voyons, par des observations claires et simples, que l'âme n'est maîtresse de rien, qu'elle n'agit qu'en conséquence des sensations et des facultés du corps ; que les causes qui peuvent produire du dérangement dans les organes troublent l'âme, altèrent l'esprit ; qu'un vaisseau, une fibre dérangée dans le cerveau, peuvent rendre imbécile l'homme du monde qui a le plus d'intelligence. Nous savons que la nature n'agit que par un principe uniforme ; or, puisqu'il est évident que nous ne sommes pas libres dans de certaines actions, nous ne le sommes dans aucune. Ajoutons à cela que si les âmes étaient purement spirituelles, elles seraient toutes les mêmes, si elles avaient la faculté dépenser et de vouloir par elles-mêmes, elles penseraient et se détermineraient toutes de la même manière dans des cas égaux ; or c'est ce qui n'arrive point ; donc elles sont déterminées par quelque autre chose, et ce quelque autre chose ne peut être que la matière, puisque les plus crédules ne connaissent que l'esprit et la matière.

Mais demandons à ces hommes crédules ce que c'est que l'esprit. Peut-il exister et n'être dans aucun lieu ? S'il est dans un lieu, il doit occuper une place ; s'il occupe une place, il est étendu ; s'il est étendu, il a des parties, et s'il a des parties, il est matière. Donc l'esprit est une chimère, ou il fait partie de la matière.

De ce raisonnement, disiez-vous, on peut conclure avec certitude, premièrement que nous ne pensons de telle ou de telle manière que par rapport à l'organisation de nos corps, joint aux idées que nous recevons journellement par le tact, l'ouïe, la vue, l'odorat et le goût ; secondement que le bonheur ou le malheur de notre vie dépendent de cette modification de la matière et de ces idées ; qu'ainsi les génies, les gens qui pensent ne peuvent trop se donner de soins et de peines pour inspirer des idées qui soient propres à contribuer efficacement au bonheur public, et particulièrement à celui des personnes qu'ils aiment. Et que ne doivent pas faire à cet égard les pères et les mères envers leurs enfants, les gouverneurs, les précepteurs envers leurs disciples !

Enfin, mon cher comte, vous commenciez à vous sentir fatigué de mes refus, lorsque vous vous avisâtes de me faire venir de Paris votre bibliothèque galante, avec votre collection de tableaux dans le même genre. Le goût que je fis paraître pour les livres, et encore plus pour la peinture, vous fit imaginer deux moyens qui vous réussirent.

« Vous aimez donc, mademoiselle Thérèse, me dîtes-vous en plaisantant, les lectures et les peintures galantes ? J'en suis ravi : vous aurez du plus saillant ; mais capitulons, s'il vous plaît : je consens à vous prêter et à placer dans votre appartement ma bibliothèque et mes tableaux pendant un an, pourvu que vous vous engagiez à rester pendant quinze jours sans porter même la main à cette partie qui, en bonne justice, devrait bien être aujourd'hui de mon domaine, et que vous fassiez sincèrement divorce au *manuélisme*. Point de quartier, ajoutâtes-vous ; il est juste que chacun mette un peu de complaisance dans le commerce. J'ai de bonnes raisons pour exiger celle-ci de vous : optez ; sans cet arrangement, point de livres, point de tableaux. »

J'hésitai peu, je fis vœu de continence pour quinze jours.

— Ce n'est pas tout, me dîtes-vous encore : imposons-nous des conditions réciproques : il n'est pas équitable que vous fassiez un pareil sacrifice pour la vue de ces tableaux ou pour une lecture momentanée. Faisons une gageure, que vous gagnerez sans doute. Je parie ma bibliothèque et mes tableaux, contre votre pucelage, que vous n'observerez pas la continence pendant quinze jours, ainsi que vous le promettez.

— En vérité, monsieur, vous répondis-je d'un air un peu piqué, vous avez une idée bien singulière de mon tempérament, et vous me croyez bien peu maîtresse de moi-même !

— Oh ! Mademoiselle, répliquâtes-vous, point de procès, je vous prie : je n'y suis pas heureux avec vous. Je sens, au reste, que vous ne devinez point l'objet de ma proposition : écoutez-moi. N'est-il pas vrai que toutes les fois que je vous fais un présent, votre amour-propre paraît blessé de le recevoir d'un homme que vous ne rendez pas aussi content qu'il pourrait l'être ? Eh bien ! La bibliothèque et les tableaux, que vous aimez tant, ne vous feront pas rougir, puisqu'ils ne seront à vous que parce que vous les aurez gagnés.

— Mon cher comte, repris-je, vous me tendez des pièges ; mais vous en serez la dupe, je vous en avertis. J'accepte la gageure ! m'écriai-je, et je m'oblige, qui plus est, à ne m'occuper, toutes les matinées, qu'à lire vos livres et à voir vos tableaux enchanteurs.

Tout fut porté par vos ordres dans ma chambre. Je dévorai des yeux, ou, pour mieux dire, je parcourus tour à tour, pendant les quatre premiers jours, *l'Histoire du Portier des Chartreux*, celle de la *Tourière des Carmélites*, *l'Académie des Dames*, *les Lauriers ecclésiastiques*, *Thémidore*, *Frétillon*, *la Fille de Joie*, *l'Arétin*[1], etc., et nombre d'autres de cette espèce, que je ne quittai que pour examiner avec avidité des tableaux où les postures les plus lascives étaient rendues avec un coloris et une expression qui portaient un feu brûlant dans mes veines.

---

1. Nous devons croire que certains titres figurant sur cette liste ont été ajoutés après l'apparition de la première édition, ou que la première édition elle-même a paru plus tard qu'on ne le croit : *Histoire de don B..., portier des Chartreux* (par J.-Ch. Gervaise de Latouche), vers 1745. – *Histoire de la Tourière des Carmélites*, servant de pendant au P. des C. (peut-être par Querlon), vers 1745. – *L'Académie des Dames, ou les Sept entretiens galants d'Aloïsia*, vers 1680. – C'est la traduction, ou plutôt l'adaptation du célèbre ouvrage latin de Nicolas Chorier, qu'on appelle aussi « le Meursius ». – *Les Lauriers ecclésiastiques ou Campagnes de l'abbé de T...* (par le chevalier de la Morlière), vers 1747. – *Thémidore* (par Godard d'Aucourt), vers 1745. – *Histoire de M^lle Cronel, dite Frétillon* (par Gaillard de la Bataille), 1739. – *La Fille de joie*, ouvrage quintessencié de l'anglais, contenant *les aventures de M^lle Fanny*, vers 1751. – C'est une des premières traductions du chef-d'œuvre libertin de John Cleland. – *L'Arétin ou la Débauche de l'esprit en fait de bon sens* (par l'Abbé Dulaurens), vers 1763.

Le cinquième jour, après une heure de lecture, je tombai dans une espèce d'extase. Couchée sur mon lit, les rideaux ouverts de toutes parts, deux tableaux, *les Fêtes de Priape, les Amours de Mars et de Vénus*, me servaient de perspective. L'imagination échauffée par les attitudes qui y étaient représentées, je me débarrassai de draps et de couverture, et, sans réfléchir si la porte de ma chambre était bien fermée, je me mis en devoir d'imiter toutes ces postures que je voyais. Chaque figure m'inspirait le sentiment que le peintre y avait donné. Deux athlètes qui étaient à la partie gauche du tableau des *Fêtes de Priape* m'enchantaient, me transportaient, par la conformité du goût de la petite femme au mien. Machinalement, ma main droite se porta où celle de l'homme était placée, et j'étais au moment d'y enfoncer le doigt, lorsque la réflexion me retint. J'aperçus l'illusion, et le souvenir des conditions de notre gageure m'obligea de lâcher prise.

Que j'étais bien éloignée de vous croire spectateur de mes faiblesses, si ce doux penchant de la nature en est une, et que j'étais folle, grands dieux ! De résister aux plaisirs inexprimables d'une jouissance réelle ! Tels sont les effets du préjugé : ils nous aveuglent, ils sont nos tyrans. D'autres parties de ce premier tableau excitaient tour à tour mon admiration et ma pitié. Enfin, je jetai les yeux sur le second. Quelle lasciveté dans l'attitude de Vénus ! Comme elle, je m'étendis mollement ; les cuisses un peu éloignées, les bras voluptueusement ouverts, j'admirais l'attitude brillante du dieu Mars. Le feu dont ses yeux, et surtout sa lance, paraissaient être animés passa dans mon cœur. Je me coulais sur mes draps, mes fesses s'agitaient voluptueusement, comme pour porter en avant la couronne destinée au vainqueur.

« Quoi ! m'écriai-je, les divinités même font leur bonheur d'un bien que je refuse ! Ah ! Cher amant, je n'y résiste plus ! Parais, comte, je ne crains plus ton dard : tu peux percer ton amante ; tu peux même choisir où tu voudras frapper : tout m'est égal ; je souffrirai tes coups avec constance, sans murmurer ; et pour assurer ton triomphe, tiens, voilà mon doigt placé ! »

Quelle surprise ! Quel heureux moment ! Vous parûtes tout à coup plus fier, plus brillant que Mars ne l'était dans le tableau. Une légère robe de chambre qui vous couvrait fut arrachée.

— J'ai eu trop de délicatesse, me dites-vous, pour profiter du premier avantage que tu m'as donné : j'étais à la porte, d'où j'ai tout vu, tout entendu ; mais je n'ai pas voulu devoir mon bonheur au gain d'une gageure ingénieuse. Je ne parais, mon aimable Thérèse, que parce tu m'as appelé. Es-tu déterminée ?

— Oui, cher amant ! m'écriai-je, je suis toute à toi ! Frappe-moi, je ne crains plus tes coups.

A l'instant, vous tombâtes entre mes bras ; je saisis, sans hésiter, la flèche qui jusques alors m'avait paru si redoutable, et je la plaçai moi-même à l'embouchure qu'elle menaçait ; vous l'enfonçâtes, sans que vos coups redoublés m'arrachassent le moindre cri : mon attention, fixée sur l'idée du plaisir, ne me laissa pas apercevoir le sentiment de la douleur.

Déjà l'emportement semblait avoir banni la philosophie de l'homme maître de lui-même, lorsque vous me dites avec des sons mal articulés :

— Je n'userai pas, Thérèse, de tout le droit qui m'est acquis : tu crains de devenir mère, je vais te ménager ; le grand plaisir s'approche ; porte de nouveau ta main sur ton vainqueur, dès que je le retirerai, et aide-le, par quelques secousses, à… Il est temps, ma fille ; je… dé… plaisir…

— Ah ! Je meurs aussi, m'écriai-je ; je ne me sens plus, je… me… pâ…me !… »

Cependant, j'avais saisi le trait, je le serrais légèrement dans ma main, qui lui servait d'étui, et dans laquelle il acheva de parcourir l'espace qui le rapprochait de la volupté. Nous recommençâmes, et nos plaisirs se sont renouvelés, depuis dix ans, dans la même forme, sans trouble, sans enfants, sans inquiétude.

Voilà, je pense, mon cher bienfaiteur, ce que vous avez exigé que j'écrivisse des détails de ma vie. Que de sots, si jamais ce manuscrit venait à paraître, se récrieraient contre la lasciveté, contre les principes de morale et de métaphysique qu'il contient ! Je répondrai à ces sots, à ces machines lourdement organisées, à ces espèces d'automates, accoutumés à penser par l'organe d'autrui, qui ne font telle ou telle chose que parce qu'on leur dit de les faire, je leur répondrai, dis-je, que tout ce que j'ai écrit est fondé sur le raisonnement détaché de tout préjugé.

Oui, ignorants, la nature est une chimère. Tout est l'ouvrage de Dieu. C'est de lui que nous tenons l'envie de manger, de boire et de jouir de tous les plaisirs. Pourquoi donc rougir en remplissant ses desseins ? Pourquoi craindre de contribuer au bonheur des humains, en leur apprenant des ragoûts variés, propres à contenter avec sensualité ces divers appétits ? Pourrai-je appréhender de déplaire à Dieu ni aux hommes en annonçant des vérités qui ne peuvent qu'éclairer sans nuire ? Je vous le répète donc, censeurs atrabilaires, nous ne pensons pas comme nous voulons. L'âme n'a de volonté, n'est déterminée que par les sensations, que par la matière. La raison nous éclaire ; mais elle ne nous détermine point. L'amour-propre, le plaisir à espérer, ou le déplaisir à éviter, sont le mobile de toutes nos déterminations. Le bonheur dépend de la conformation des organes, de l'éducation, des sensations externes, et les lois humaines sont telles que l'homme ne peut être heureux qu'en les observant, qu'en vivant en honnête homme. Il y a un Dieu ; nous devons l'aimer, parce que c'est un être souverainement bon et parfait. L'homme sensé, le philosophe doit contribuer au bonheur public par la régularité de ses mœurs. Il n'y a point de culte, Dieu se suffit à lui-même ; les génuflexions, les grimaces, l'imagination des hommes ne peuvent augmenter sa gloire. Il n'y a de bien et de mal moral que par rapport à Dieu. Si le mal physique nuit aux uns, il est utile aux autres ; le médecin, le procureur, le financier vivent des maux d'autrui : tout est combiné. Les lois établies dans chaque région pour resserrer les liens de la société doivent être respectées ; celui qui les enfreint doit être puni, parce que, comme l'exemple retient les hommes mal organisés, mal intentionnés, il est juste que la punition d'un infractaire contribue à la tranquillité générale. Enfin, les rois, les princes, les magistrats, tous les divers supérieurs, par gradations, qui remplissent les devoirs de leur état, doivent être aimés et respectés, parce que chacun d'eux agit pour contribuer au bien de tous.

# Table des matières

www.grandsclassiques.com

ISBN ebook : 9782512008330
ISBN papier : 9782512009535
Dépôt légal : D/2018/12603/125

Couverture : © Hélène Massart

Conception numérique : Primento, le partenaire numérique
des éditeurs